무림오적 63

초판 1쇄 발행 2024년 2월 20일

지은이 | 백야
발행인 | 최원영
편집장 | 이호준
편집디자인 | 한방울
영업 | 김민원 조은걸

펴낸곳 | ㈜디앤씨미디어
등록 | 2002년 4월 25일 제20-260호
주소 | 서울시 구로구 디지털로 26길 111 JnK디지털타워 503호
전화 | 02-333-2513(대표)
팩시밀리 | 02-333-2514
E-mail | papy_dnc@dncmedia.co.kr
블로그 | blog.naver.com/gnpdl7

ISBN 978-89-267-2423-1 04810
ISBN 978-89-267-3458-2 (SET)

※ 저자와 협의하여 인지는 붙이지 않습니다.
※ 이 책은 ㈜디앤씨미디어(파피루스)가 저작권자와의 계약에 따라 발행한 것으로 본사와 저자의 허락 없이는 어떠한 형태나 수단으로도 내용을 이용할 수 없습니다.

1장 약(藥)과 독(毒) 7

2장 밀희흡정체술(密嬉吸精體術) 41

3장 배신(背信) 75

4장 행운(幸運)과 기연(奇緣)은 어디에서 오는가 111

5장 임가흔(林嘉欣) 147

6장 자하신녀문(紫霞神女門) 181

7장 친구는 가까이, 적은 더 가까이 205

8장 동행(同行) 231

9장 고수(高手)의 품격(品格) 255

10장 우중혈투(雨中血鬪) 279

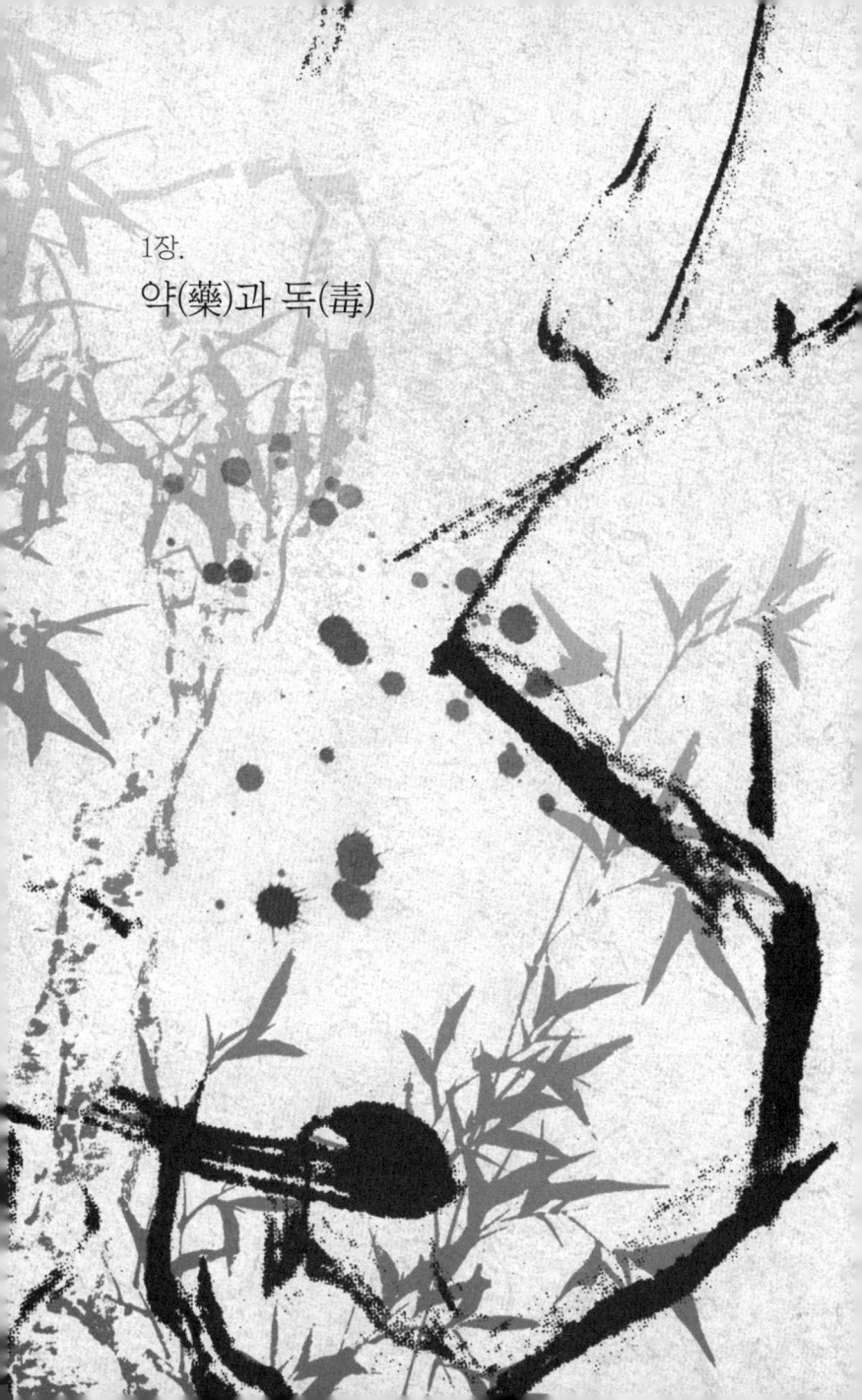

1장.
약(藥)과 독(毒)

이미 그녀에게서는 확실한 여인의 향기가 흐르고 있었다.
살짝 건드리기라도 하면 팟! 하면서 활짝 벌려질 꽃잎처럼,
이미 그녀에게서는 과즙(果汁)이 뚝뚝 흘러넘치고 있었다.
'이런 상황만 아니라면……'
화군악은 몸 깊은 곳에서 꿈틀거리는 짐승의 기척을 애써 지우며
내심 그렇게 중얼거렸다.

약(藥)과 독(毒)

1. 내상(內傷)

아가씨의 상태를 보아하니 최소한 반년에서 일 년 전에 입은 내상이었다.

아마 처음에 내상을 입었을 때는 지금처럼 심각하지 않았으리라. 그래서 특별한 치료도 하지 않고 대수롭지 않게 넘겼다가 그만 사달이 난 것이리라.

내상은 싸움 중에만 발생하는 게 아니었다.

부딪치거나 낙마하는 바람에 몸속의 장기가 상하는 것도, 음식을 잘못 먹어 체하거나 탈이 나거나 정신적인 문제로 생기는 증상 역시 내상이었다.

독(毒)은 물론 약을 잘못 먹어서 오장육부와 장기에 문제가 생기는 것 역시 내상이라 할 수 있었다.

아가씨를 진맥하고 진찰하는 만해거사의 얼굴은 딱딱하게 굳어 있었다.

그 여러 가지 내상의 종류 중에서 이 여인이 처음 입은 내상이 어떤 부류의 것인지는 모르겠지만, 어쨌든 지금 상태로 보면 상당히 위중해 보였다.

혈맥은 군데군데 찢어졌고 몸속의 장기와 기관 곳곳이 곪아 염증을 일으키고 있었다. 그 내상은 기맥까지 영향을 끼쳐서, 아무래도 기맥 여러 곳이 막히거나 찢어져서 기혈이 원활하게 이어지지 못하고 있었다.

그렇게 내부에 쌓인 염증과 기혈은 아가씨의 복부에 난 조그만 구멍 같은 상처를 통해 피고름으로 흘러나오고 있었는데, 애당초 첫 번째 내상을 알지 못한 상태로 계속 이런저런 약을 복용하고 있었으니 제대로 치료가 될 리가 없었다.

아무리 좋은 약이라고 하더라도 제대로 사용하지 못하거나 과용하는 순간 곧 독이 된다.

또한 의생마다 서로 다른 처방을 할 경우, 약효와 약효가 상생(相生)하는 게 아니라 상극(相剋)의 반응을 일으킬 수도 있었다.

그래서 처방전(處方箋)이라는 게 중요했다.

의생은 환자에게 약을 지어 주기 전에 반드시 이전의

처방전을 확인함으로써, 상극을 일으킬 만한 약재를 배제해야만 했다.

하지만 그간 이 아가씨를 치료한 수십, 수백 명의 의생은 전혀 그리하지 않은 모양이었다.

결국 이 아가씨가 최소한 반년에서 일 년 가까이 복용했던 수많은 약은 외려 그녀의 몸속에서 온갖 상극의 반응을 일으키면서 염증을 유발하고 혈맥과 기맥에 상처를 준 것이었다.

"복부의 상처는 그리 대단한 게 아니오. 신체 내부의 곪은 것들이 빠져나오는 길목이라고 생각하면 간단할 것이오. 즉, 안쪽을 치료하면 복부의 상처는 금세 치료할 수가 있소."

만해거사는 심각한 표정을 지은 채 입을 열었다.

"문제는 그녀의 장기가 상당히 손상되었다는 것, 거기에다가 찢어진 혈맥으로 흘러나온 피가 다시 장기와 오장육부를 손상하고 있다는 것이오."

그의 말에 백고라는 중년 여인과 횃불을 든 젊은 처자의 눈빛이 파르르 떨렸다.

지금 만해거사가 해 준 말은 자신들의 문파에서 가장 실력이 뛰어난 의생이 했던 말과 토씨 하나 다르지 않았던 까닭이었다.

당시 아가씨를 진찰하던 그녀는 안타깝다는 듯이 한숨

을 쉬며 이렇게도 말했다.

-왜 처음부터 이곳으로 돌아오지 않았습니까? 강호에는 제대로 된 의생도 많지만, 강호낭중(江湖郎中:돌팔이 의생)은 그 수십 배나 더 많거든요. 그 돌팔이들이 제멋대로 약을 지어 준 바람에 외려 더 상태가 나빠진 것 같습니다.
-그럼 이제 어찌해야 합니까?
-아쉽게도 이곳에는 아가씨를 치료할 만한 약재가 그리 많지 않습니다. 아무래도 다시 강호로 나가셔서 제가 적어 드릴 의가(醫家)를 찾아가 치료를 부탁해야 할 것 같습니다.

그래서였다.
부랴부랴 다시 강호로 나와 대륙을 전전하며 수많은 의가, 의생을 만났던 것은.
하지만 그들 모두 고개를 저었고, 결국에는 마지막 희망으로 소림사를 찾아가던 길이었다.
그런데 우연히 이 한밤중의 호젓한 관도에서 천하에서 다섯 손가락 안에 든다고 자부하는 괴이한 늙은이를 만나게 될 줄이야.
'인연이라면 바로 이런 게 인연일 게다.'

그렇게 생각하면서 백고가 입을 열었다.

"그럼 이제 어찌해야 하오? 본 가의 약당주는 전대의 기인인 독응의선(禿鷹醫仙)이나 불화타(佛華佗)를 찾거나, 아니면 만년설삼 같은 천고의 영약을 얻어야만 한다고 하셨는데 말이오."

걱정 가득한 표정의 백고는 고개를 설레설레 저으며 말을 이었다.

"만년설삼도 만년설삼이지만, 독응의선이나 불화타 같은 기인을 어떻게 만날 수 있겠소? 이미 수십 년 전부터 강호에 모습을 드러내지 않는 고인들이신데. 사실 그런 기연은 이미 포기한 지 오래되었소."

백고는 길게 한숨을 내쉬며 말을 맺었다.

가만히 듣고 있던 만해거사의 입꼬리가 절로 올라갔다. 그는 기세등등한 표정을 지으며 조금 떨어진 곳에서 구경하고 있던 화군악을 돌아보았다.

방금 그녀가 한 이야기 들었느냐? 하는 표정이었다.

화군악은 피식 웃으며 고개를 끄덕였다. 그러고는 모닥불로 한 걸음 다가서며 입을 열었다.

"그렇다면 천만다행입니다. 하늘이 아직 귀하의 아가씨를 버릴 생각이 없는 모양입니다."

화군악이 다가서자 네 명의 여인들이 일제히 칼을 뽑아 들고 경계했다.

그런 가운데 백고와 횃불 든 여인이 고개를 갸웃거리며 동시에 입을 열었다.

"그게 무슨 말인가?"

"설마 독응의선이나 불화타를 아시나요?"

화군악은 어깨를 으쓱거리며 만해거사에게로 시선을 향했다. 백고와 횃불 든 여인도 그 시선을 따라 만해거사를 돌아보았다.

만해거사가 머쓱한 표정을 지으며 말했다.

"독응의선은 모르겠지만 어쨌든 불화타보다는 조금 더 나을 것이오, 내가."

"정말요?"

횃불 든 여인이 깜짝 놀랐다.

"그 말, 믿을 수 있소?"

백고는 아직도 반신반의하는 눈빛으로 만해거사를 쏘아보며 그렇게 물었다.

"물론이오. 거기에다가 때마침……."

만해거사는 쓰윽, 가슴을 내밀며 말했다.

"만년설삼은 아니지만, 그것만큼 뛰어난 약효를 지닌 환단 몇 알이 있다오. 바로 이 몸에게 말이오."

지켜보고 있던 화군악이 피식 웃었다.

하지만 백고와 횃불 든 여인은 전혀 그러하지 못했다. 그녀들의 눈이 화등잔만 하게 커진 건 너무나도 당연한 일이었다.

"어쨌든 좀 더 정밀하게 살펴봐야 할 것 같소. 맨 처음 아가씨의 내상을 일으킨 게 무엇인지 확실하게 짚어 내야만 비로소 그에 합당한 약을 만들고 제대로 된 치료를 할 수 있을 테니까 말이오."

만해거사의 말에 백고와 횃불 든 여인의 눈빛이 사뭇 달라졌다.

그가 말하는 방식은 지금껏 만나 왔던 대부분의 의생과 전혀 달랐다.

의생들 대부분은 '나만 믿으시면 되오.'라며 자신만만하게 덤벼들었다가, '흐음, 글쎄.' 혹은 '뭐, 이게 그러니까…….' 하며 한 걸음 물러섰다.

그러나 이 만해거사라는 늙은이는 전혀 달랐다. 그 역시 '나만 믿으시면 되네.'라고 시작하기는 했지만, 아가씨를 진찰한 이후에도 여전히 '나만 지켜보시면 되네.'라는 자신감으로 똘똘 뭉쳐 있었다.

어쩌면…… 이 늙은이가 아가씨를 치료할 수 있을지도 모른다는 희망이 두 여인의 눈빛으로, 표정으로 흘러나오고 있었다.

한편 만해거사는 신중하고 진지한 표정을 지은 채 계속해서 아가씨의 맥을 짚으며 몸속 상태를 확인하고 있었다.

그러던 한순간, 만해거사는 문득 고개를 갸웃거리면서 아가씨의 얼굴과 살갗과 살결을 세심하게 훑어보기 시작했다.

핏기 한 점 없이 창백한 와중에도 희미하고 은은하게 흐르는 홍조는 확실히 수상쩍은 면이 없지 않았다.

만해거사는 다시 맥을 짚었다.

확실히 수상쩍었다. 맥박은 희미하고 느렸지만, 한순간 가끔씩 통통 튀듯 빠르게 뛸 때가 있었다.

그럴 때마다 아가씨의 호흡이 달라지고 동시에 몸 전체가 경련하듯 꿈틀거렸으니, 아무래도 이건 무언가 다르게 느껴졌다.

일반적인 내상의 상태가 아니었다. 뭔가 더 의미심장한······.

'설마?'

만해거사는 당혹감을 감추지 못한 와중에도 침착하게 머리를 굴렸다. 그러고는 고개를 들어 화군악을 올려다보며 입을 열었다.

"천막이 필요하네."

화군악의 눈이 커졌다.

"천막이라면······."

"그래. 우리가 야숙할 때 쓰는 그 천막 말일세."

만해거사의 목소리는 낮고 침착했지만, 화군악은 그 음색에서 느껴지는 다급함과 당혹스러움을 읽어 낼 수 있었다.

곧바로 담호와 소자양이 관도 이쪽으로 불려왔다.

그들은 곧 양가죽으로 만든 천막을 쳤고, 여인들은 무슨 영문인지 모른 채 최대한 조심하여 아가씨의 들것을 그 안으로 들였다.

만해거사가 뒤따라 천막으로 들어가며 말했다.

"다른 분들은 모두 나가시게."

여인들이 움찔했다. 백고가 고개를 끄덕이며 말했다.

"내가 지켜볼 터이니 다들 나가 있도록 하라."

결국 백고와 만해거사만 천막에 남은 가운데, 다른 여인들은 천막 밖으로 나갔다.

이제 죽은 듯 누워 있는 아가씨를 제외하고 만해거사와 단둘만이 남게 된 백고는 진지한 표정을 지으며 그에게 물었다.

"뭘가 알아낸 모양이시구려."

나름대로 노련하고 경륜 넘치는 눈썰미를 지닌 백고는 만해거사가 갑자기 천막을 치라 하고 모든 사람을 밖으로 내몬 이유가 따로 있다는 사실을 직감적으로 눈치챘다.

"내 생각이 맞다면……."

만해거사는 가만히 고개를 끄덕이며 입을 열었다.

"이제부터의 진료는 다른 사람들 앞에서 할 수 없게 될 테니까."

만해거사는 그렇게 말하며 아가씨의 복부 아래쪽으로 치마를 잡아당겨 내렸다.

"아니, 그건……!"

일순 백고가 당황하여 그의 손을 제지하려 했다.

하지만 만해거사의 표정은 완강했다.

"설마 내가 아가씨를 욕보일 거라고 생각하시오, 지금?"

만해거사가 똑바로 바라보며 직설적으로 묻자, 백고는 당황하여 제대로 대답하지 못했다.

"아니, 그게 그러니까……."

"조금 전에도 말했던 것 같은데 나는 사람의 목숨을 대하는 의생이오. 그리고 지금 내 앞에 있는 이는 아름다운 여인이 아니라, 반드시 목숨을 구해야 하는 한 사람에 불과하오. 의생 앞에서 남녀를 구분하고, 노소를 가리는 것처럼 어리석은 일이 어디 또 있다는 말이오?"

만해거사의 나직한 목소리에는 강렬한 힘이 실려 있었다.

백고는 당황하여 어찌할 바를 몰랐지만, 결국 길게 한숨을 쉬며 고개를 끄덕이며 말했다.

"좋아요. 아가씨를…… 맡기겠어요."

"당연한 말을."

만해거사는 살짝 심기가 틀어진 목소리를 내뱉고는 다

시 아가씨의 치마를 천천히 잡아 내렸다.

 그녀의 새하얀 하복부가 고스란히 드러났다. 잘록한 허리에서 호리병의 그것처럼 이어지는 둔부의 곡선이 아름답게 펼쳐졌다.

 그녀의 음문(陰門)을 가리고 있던 새하얀 속곳까지 언뜻 그 모습을 보이는 순간, 백고는 저도 모르게 한숨을 흘려야만 했다.

 하지만 천만다행이라고나 할까. 아가씨의 치마를 벗기는 만해거사의 손길은 바로 그 지점에서 멈췄다.

 만해거사는 주름투성이 손을 뻗어 아가씨의 하복부를 매만지기 시작했다.

 그의 늙은 손이 아가씨의 살결을 스치고 지나갈 때마다 백고는 마치 자신의 하복부가 유린당하는 듯한 기분에 절로 오싹거리고 몸이 부르르 떨렸다.

 그러나 만해거사는 어디까지고 진지하기만 했다.

 한참이나 심각하고 진지한 얼굴로 아가씨의 하복부, 그러니까 배꼽 아래와 속곳 사이의 살갗을 어루만지던 만해거사는 이윽고 긴 숨을 토해 내며 고개를 끄덕였다.

 "역시 아무래도……."
 "아무래도 뭐죠? 내상의 근원을 알아낸 건가요?"

 식은땀까지 흘리며 지켜보던 백고가 다급한 어조로 물었다.

만해거사는 천천히 고개를 끄덕이며 입을 열었다.

2. 여인의 향취(香臭)

"괜찮겠어요, 애화(艾花) 언니?"
"백고만으로 혹시 모를 불상사를 막을 수 있을까요?"
천막에서 쫓겨난 다른 젊은 여인들이 걱정스레 물었다. 횃불 든 여인, 아니 애화가 웃으며 말했다.
"너희들은 백고를 너무 우습게 여기는구나. 걱정하지 않아도 된다. 백고라면 그 어떤 일이 발생하더라도 침착하게 대응하실 수 있을 테니까."
애화는 그렇게 다른 여인들을 진정시킨 후 화군악을 돌아보며 두 손을 모아 인사했다.
"정말 감사드려요."
"별말씀을."
"만약 우리 아가씨께서 차도를 보이신다면, 그리고 조금 전 말씀하셨던 그 만년설삼보다 뛰어나단 환단이 사실이라면 그에 걸맞게 보상해 드리겠어요."
"괜찮소."
화군악은 웃으며 말했다.
"아까도 말했지만 집을 나서면 사해가 친구요. 친구에

게 굳이 보상을 받을 생각은 없소. 아, 참. 인사가 늦었구려. 화군악이라고 하오."

화군악은 당당하게 자신의 이름을 밝혔다. 금해가도 겨우 들어 본 적 있다고 말하는 그녀들이 자신의 이름으로 무림오적을 유추해 낼 리 없다는 생각에서였다. 아니, 애당초 무림오적을 들어 본 적이 있을까, 하는 의문도 있었다.

아니나 다를까.

"아, 화 대협이셨군요. 저는 애화라고 해요."

애화는 화군악이라는 이름에도 전혀 동요하지 않은 채 자신을 소개했다.

문득 화군악의 입가에 씁쓸한 미소가 스며들었다.

'세월이 제법 흘렀구나. 그래도 예전에는 이렇게 내 소개를 하면 화 소협 운운하고 대답했었는데, 이제는 대협이라는 소리를 듣다니 말이다.'

아닌 게 아니라 이제 몇 년 지나면 화군악도 서른 줄에 접어들었다. 아니, 애당초 태어난 연월시(年月時)를 전혀 모르니 벌써 서른이 넘었을지도 몰랐다.

화군악은 가볍게 고개를 저어서 상념을 떨쳐 내며 천천히 입을 열었다.

"그런데 어쩌다가 아가씨가 저런 내상을 입게 된 겁니까?"

"그게……."

애화는 살짝 망설이다가 조심스레 운을 뗐다.

"그러니까 거의 일 년 전, 본 가를 나와 강호를 여행하던 중이었어요. 나름대로 재미있고 즐거운 여행이었는데, 의외로 시비가 많이 붙더라고요. 아무래도 아가씨께서 워낙 아름다우시다 보니, 객잔이나 주루에 들를 때마다 온갖 사내들이 몹쓸 농담과 음탕한 말을 걸어오지 뭐예요."

애화는 한숨을 쉬었다.

화군악의 고개가 절로 끄덕여졌다.

'하기야 주루나 객잔에서 그녀를 봤다면 나라도 말을 걸었겠다.'

화군악도 그리 생각할 정도로 아가씨는 확실히 아름다웠다. 그러니 애당초 그 얼굴로 거리를 돌아다니고 주루나 객잔에 앉아 있는 것 자체가 시빗거리라 할 수 있었다.

"하루는 객잔에서 또 시비가 붙어서 어쩔 도리 없이 싸웠는데, 생각보다 그 무리의 무공이 강하지 뭔가요? 다행히 그들을 모두 물리치기는 했지만 그 와중에 아가씨께서 살짝 부상을 입으셨어요."

그렇게 말하는 애화의 눈가에 그렁그렁 눈물이 맺히는 것 같았다. 아가씨를 지키지 못했다는 자책감과 그때 빠르게 제대로 된 치료를 했더라면 일이 이렇게까지 커지지 않았을 거라는 후회가 가득 담긴 눈빛이었다.

"대수롭지 않은 부상이라고 생각해서 금창약을 바르고 내상약을 먹는 것으로 치료를 마쳤는데, 그 상처를 통해서 아가씨의 몸으로 독이 들어갔나 봐요."

화군악은 순간 눈빛을 빛내며 물었다.

"그 이야기를 만해 사부께 하셨소?"

"네. 들것을 저 천막 안으로 옮기면서 간략하게 설명하기는 했어요. 안 그래도 만해 사부라는 분께서 처음 어떻게 부상을 당했느냐고 물어 오셔서……."

"흐음. 그 독이 무엇인지만 알게 된다면 생각보다 쉽게 치료할 수 있을 것이오."

"하지만…… 상세가 악화된 후로 만난 의생들은 그 누구도 그게 어떤 독인지 알아내지 못했어요. 몸속에 들어간 독과 치료를 목적으로 복용했던 약물 중 몇몇과 반응을 일으키면서 전혀 다른 독이 되었다고 하더라고요."

"호오."

화군악은 그럴 수도 있구나 생각하면서도 겉으로는 태연하게, 그리고 부드럽게 미소를 지으며 그녀를 위로했다.

"그래도 너무 걱정하지 마시오. 만해 사부는 최소한 독응의선보다는 뛰어난 실력을 지녔으니 말이오."

약(藥)과 독(毒) 〈23〉

"네?"

애화는 고개를 갸웃거렸다.

"조금 전 그분께서는 독응의선은 몰라도 불화타보다는 낫다고 말씀하셨는데요."

"음? 하하하. 그야 그건 만해 사부가 하실 법한 말이니까요."

화군악이 껄껄 웃었다.

물론 화군악은 불화타라는 의생을 알지 못했다. 하지만 만해거사는 그를 잘 알고 있을 터, 당연히 그보다 낫다고 이야기한 것이었다.

반면 화군악의 입장에서 보자면 예전의 독응의선보다는 당연히 십수 년 세월의 경륜과 노련미가 더 쌓인 지금의 만해거사가 더 나을 수밖에 없었다.

애화는 껄껄 웃는 화군악의 옆얼굴을 힐끗거리다가 저도 모르게 얼굴을 붉히며 고개를 숙였다. 괜히 가슴이 콩닥콩닥 뛰기 시작했다.

사실 화군악은 젊은 시절, 그 얼굴만으로 악양오화(岳陽五花)의 방심(芳心)을 사로잡은 적이 있었을 정도로 뛰어난 외모를 지니고 있었다.

세월이 흘러 작금에 이르러서는 그 잘생긴 외모에다가 넉넉한 경험과 연륜까지 보태졌으니, 화군악의 그 사내 냄새 물씬 풍기는 모습을 본 여인들은 당연히 가슴을 두근거릴 수밖에 없었다.

그건 화군악도 비슷했다. 그는 이 애화라는 여인에게서 풍기는 향취(香臭)에 살짝 마음이 흔들리고 있었다.

애화는 아가씨만큼은 아니더라도 상당한 미모와 탱탱한 육체를 지닌 젊은 여인이었다.

이미 그녀에게서는 확실한 여인의 향기가 흐르고 있었다. 살짝 건드리기라도 하면 팟! 하면서 활짝 벌려질 꽃잎처럼, 이미 그녀에게서는 과즙(果汁)이 뚝뚝 흘러넘치고 있었다.

'이런 상황만 아니라면……'

화군악은 몸 깊은 곳에서 꿈틀거리는 짐승의 기척을 애써 지우며 내심 그렇게 중얼거렸다.

물론 화군악은 이미 정소흔과 혼인하여 소군이라는 딸까지 있었다.

그러나 그게 화군악의 족쇄가 되지는 않았다. 혼인을 했다고 해서, 아이가 있다고 해서 다른 여인과 잠자리를 갖지 않는다는 건 이 시대의 상식이 아니었다.

능력만 있으면 삼처오첩(三妻五妾)이 가능한 시대였으며, 또한 그게 용인되고 용납받는 시절이었다. 장예추도 벌써 두 명의 아내를 거느렸고, 화군악도 혼인한 이후 몇 번이나 다른 여인을 품에 안은 적이 있지 않던가.

만약 상황이 이렇지 않았다면, 만해거사나 소자양, 담

호, 그리고 강호오괴와 떨어져 홀로 여행 중이었더라면 화군악은 절대 이 좋은 기회를 놓치지 않았을 것이었다.

병중(病中)인 아가씨는 차치하더라도, 결코 이 완숙한 향기를 풍기는 애화를, 그리고 또 다른 네 명의 젊고 아리따운 여인들을, 심지어 중년이라고 할 수 없을 정도로 아름답고 풍만하며 요염한 백고까지 모두 자신의 품 안에 가둔 채 며칠 밤낮을 즐겼을 것이다.

'아니지, 지금 그런 생각을 할 때가 아니지.'

한순간 저도 모르게 여섯 여인 모두를 껴안고 희롱하는 그림을 떠올렸던 화군악은 이내 머리를 휘휘 내저었다. 그리고 자신의 머릿속 가득 담겼던 음탕한 생각을 떨쳐내는 한편 다른 생각을 떠올리려 애를 썼다.

'도대체 어느 문파의 사람들이기에 다들 이렇게 아름답고 뛰어난 미모를 지니고 있을까?'

화군악은 지금껏 자신이 만나고 보아 왔던 문파들을 기억했다.

물론 대부분의 문파마다 한두 명의 미녀를 제자로 두고는 있지만, 이렇게 모든 여인이 하나같이 아름다운 문파는 지금껏 본 적이 없었다.

어쩌면 저 유명한 신녀곡(神女谷)의 여인들이나 혹은 보타암(寶陀庵)의 여고수들이 저리 아름다우려나.

'갈수록 이 여인들의 정체가 궁금해지는구나.'

화군악이 내심 그렇게 중얼거릴 때였다.

갑자기 천막 안에서 백고의 뾰족하게 날이 선 호통이 들려왔다.

"방금 뭐라고 했소? 그게 말이 되오?"

일순 화군악의 입가에 맺혀 있던 미소가 순식간에 사라졌다. 백고의 날카로운 호통에 담겨 있는 살기가 천막 밖으로까지 새어 나왔던 까닭이었다.

화군악은 황급히 천막 안으로 뛰어들어갔다.

"무슨 일입니까, 만해 사부?"

화군악은 천막 안으로 들어서려다가 저도 모르게 움찔거리며 동작을 멈췄다. 아가씨가 누워 있는 들것을 사이에 두고 백고가 칼을 뽑어 만해거사의 목젖을 겨누고 있었던 것이었다.

만해거사는 바로 자신의 목젖에 와닿아 있는 칼날을 무시하며 침착하게 말했다.

"이리 와서 앉게."

화군악은 백고를 향해 당장 손을 쓰려던 걸 멈추고는 만해거사의 옆자리에 앉았다. 뒤따라 애화가 놀란 표정을 지으며 따라 들어오다가 역시 화군악처럼 멈칫거렸다.

"무슨 일인가요, 백고?"

애화가 백고의 얼굴 가득 담긴 살기에 놀라 묻자, 백고는 만해거사를 똑바로 노려보며 말했다.
"이 늙은이가 엉뚱하다 못해 해괴망측한 이야기를 하고 있지 뭐냐?"
"해괴망측한 이야기라니요?"
"그래. 이 늙은이가 말하기를 꽤 오래전에 아가씨께서……."
백고는 씩씩거리며 말하다가 차마 말을 잇지 못했다. 자신의 입에 올리는 것 자체가 부끄럽고 창피하며 민망하다는 듯한 표정이었다.
하지만 정작 만해거사는 태연한 얼굴로, 백고가 차마 잇지 못한 말을 이어 나갔다.
"아무래도 아가씨는 춘약(春藥)에 당하신 것 같구나."
"네?"
"춘약이요?"
일순 애화는 물론 화군악까지 눈을 휘둥그레 뜨며 만해거사를 돌아보았다. 동시에 백고가 빽! 하고 소리쳤다.
"거짓말하지 말라!"
"허어, 내가 왜 거짓말을 하겠소?"
만해거사는 침착하게 말했다.
"아랫배가 은근하게 달뜨고 호흡과 맥이 일정하지 않으며 살갗에 은은한 홍조가 스며드는 건 확실히 춘약에 중독된 증상이오."
"헛소리!"

백고가 칼을 쥔 손까지 부들부들 떨며 소리쳤다.

"겨우 그깟 춘약에 당해서 아가씨께서 혼수상태에 빠진다는 게 말이라도 되는 소리더냐!"

그녀가 너무 흥분하여 자칫 아무렇게나 칼을 휘두를 수 있는 상황이 되자, 화군악이 나서서 입을 열었다.

"먼저 진정하고 칼을 거둬 주십시오."

"진정이라니! 내가 지금 진정하게 생겼…… 헉!"

분노하여 크게 소리치던 백고의 호흡이 한순간 멈췄다. 어느새, 그녀 본인도 전혀 눈치채지 못하는 사이에 그녀의 칼은 화군악의 손에 쥐어져 있었던 것이었다.

월령수타십이박(月靈手打十二搏)의 금나술을 펼쳐서 단숨에 백고의 칼을 빼앗아 쥔 화군악은 화등잔만 하게 눈을 크게 뜬 애화에게 그 칼을 넘겨주며 차분하게 말했다.

"백고께서 흥분을 가라앉히실 때까지 이 칼은 그대가 맡아 주시구려."

애화는 엉겁결에 칼을 받아 들고 그 칼을 내려다보았다.

'전혀 볼 수가 없었어. 언제 저 자가 손을 뻗어서 백고의 칼을 낚아챘는지…….'

애화의 가슴이 두근거렸다.

천막 밖에서의 두근거림과는 그 의미가 전혀 다른, 자

신은 도저히 어찌해 볼 수 없는 고수를 만났다는 사실이 가져오는 공포와 외경(畏敬), 두려움이 한데 뒤섞인 두근거림이었다.

놀란 건 애화뿐만이 아니었다. 나름대로 본인의 무위에 확실한 자신감이 있던 백고 역시 멍한 눈빛으로 어느새 텅 빈 제 손과 화군악을 번갈아 바라보고 있었다.

세상의 누가 감히 이렇게 간단하게 자신의 손에서 칼을 빼앗아 들 수 있을까.

꿀꺽.

저도 모르는 사이, 마른침이 그녀의 목구멍을 타고 넘어갔다.

3. 치료 방법

"물론 춘약은 가장 하급(下級)의 독이라 할 수 있소. 아무 곳에서나 쉽게 구할 수 있고 또 뒷골목의 불량배들이 주로 사용하니 말이오."

한없이 싸해진 분위기 속에서 만해거사는 침착한 목소리로 말을 꺼냈다.

"하지만 춘약은 누구나 쉽게 구하고 다룰 수 있다고 해서 무시할 수 있는 건 아니오. 자칫 치료할 때와 기회를 놓치고 방치한다면 목숨까지 잃을 수 있는 맹독이니 말이오."

만해거사의 말은 사실이었다.

춘약을 비롯한 모든 종류의 음약(淫藥)은 조금 큰 성시(城市)의 뒷골목에 가면 얼마든지 구할 수 있는 물건이었다.

그래서 정파 사람들이나 무림 고수들이 눈 아래로 두고 업신여기는 경우가 왕왕 있기는 했지만, 그 음약에 한 번 제대로 당해 본다면 두 번 다시 가볍게 여길 수 없는 게 바로 음약이었다.

음약은 기본적으로 사람의 촉각을 자극하여 성적 흥분을 높여서, 그 개인 의사에 상관없이 쉽게 잠자리를 갖고자 하는 모든 약을 지칭했다.

특히 춘약의 경우에는 아주 가벼운 흥분을 유도하는 것부터 심지어 잠자리를 갖지 않으면 그 성적 갈증을 견디지 못하고 몸부림을 치다가 기맥이 꼬이고 심장에 이상이 생겨 결국 목숨까지 잃게 되는 악독한 약까지 존재했다.

"당시 객잔에서 아가씨께 치근대다가 결국 칼부림이 벌어졌다고 하지 않았소?"

백고는 여전히 흥분이 가라앉지 않은 얼굴이었지만 어쨌든 만해거사의 이야기에 귀를 기울이고 있었다.

반면 외려 애화는 아직도 제 손에 들려 있는 백고의 칼을 내려다보며 정신을 차리지 못하는 중이었다.

"당시 놈들은 아가씨에게 두 가지 독을 모두 사용한 것 같소. 하나는 아가씨의 성욕(性慾)을 끌어내는 춘약이고, 다른 하나는 아가씨를 꼼짝달싹 움직이지 못하게 만드는 마비산(痲痺散)인 것 같소."

백고는 성욕이라는 단어에 흠칫 놀라며 눈썹을 찌푸렸다.

화군악은 내심 흥미로운 눈길로 그런 백고를 가만히 바라보았다.

아무래도 성(性)에 관련된 단어 하나하나마다 흠칫흠칫 놀라는 걸 보니, 백고는 중년의 그 나이에도 한없이 순진하고 순수한 처녀의 몸일 것 같다는 생각이 언뜻 화군악의 뇌리를 스치고 지나갔다.

동시에 애써 몸속 깊이 가라앉혔던 짐승의 기척이 꾸물꾸물 기어올라 화군악의 아랫도리를 부풀게 했다.

그런 가운데 만해거사의 이야기는 계속해서 이어졌다.

"하지만 워낙 미량이었기에, 혹은 아가씨의 내공이 높고 정신력이 강해서 그 춘약과 마비산에 의해 의지를 잃거나 몸을 움직이지 못하게 되지 않았을 것이오. 물론 어디까지 추측이기는 하지만 말이오."

만해거사의 말에 백고는 물론 어느새 애화마저도 당시 상황을 떠올리고 있었다.

"싸움이 끝난 후 아가씨께서는 제 몸의 변화를 눈치채셨을 것이오. 하지만 순진무구하신 아가씨께서는 자신의 몸을 달뜨게 만들고 호흡과 맥박을 가쁘게 만드는 게 춘약 때문이라는 사실을 전혀 눈치채지 못하셨을 것이오. 그리고 가끔씩 저릿저릿하며 손발에 마비가 오는 것 역시 마비산 때문임을 전혀 모르셨을 것이오."

만해거사는 백고와 애화의 얼굴을 돌아보며 말을 이었다.

"아직도 영문을 모르겠다는 두 분의 표정과 눈빛을 보니 더더욱 그런 확신이 드는구려."

백고와 애화의 얼굴이 딱딱하게 굳어졌다.

당시 놈들의 수는 일곱, 그들 중 두 명이 아가씨에게 덤벼들었다.

순간 백고와 애화 모두 당황하기는 했지만 그래도 한 치 흔들림 없이 다른 다섯 사내를 상대로 칼을 휘둘렀다.

어쨌거나 그녀들 중에서 아가씨가 가장 높은 무위를 지니고 있었으니, 백고와 애화 모두 그깟 놈들에게 아가씨가 당할 리 없다는 확신이 있었다.

그 확신대로 두 명의 사내는 아가씨의 칼에 의해 피를 흘리며 객잔에서 도망쳤다.

하지만 그때, 도망치던 사내들이 뭐라고 소리쳤던가.

―두고 보자! 네년은 결국 내 아래 깔려서 꼼짝도 하지 못하게 될 테니까!

놈들은 아마 그런 내용의 고함을 남긴 채 허둥지둥 도망쳤던 것 같았다.

그때 백고와 애화는 그 협박이 그저 패배하고 도망치는 자라면 누구나 말하는 그저 그런 공갈이라고 생각했다.

그래서였다. 견디다 못한 다른 다섯 명이 도망치는 뒷모습을 향해 그녀들이 크게 웃으며 소리쳤던 것은.

―두고 보자고 하는 놈치고 다시 찾아오는 놈이 없더라!

그때 아가씨에게 무슨 변고라도 생긴 게 아닐까 진지하게 의심하며 확실하게 진찰해야 했던 것일까.

비록 무위는 높지만 강호 경험이 일천한 아가씨께서 자신이 중독되었다는 사실을 전혀 눈치채지 못할 수도 있다는 가능성을 배제하지 않았어야 했던 것일까.

당시의 기억을 떠올린 백고와 애화의 낯빛이 점점 어두워지는 가운데, 만해거사가 다시 입을 열었다.

"처음에는 괜찮았을지 모르오. 아가씨의 내공이 춘약과 마비산의 독성을 제어할 수 있을 때까지는 전혀 아무런 티가 나지 않았을 것이오."

하지만 특히 춘약은 해독약을 복용하지 않는 한, 그리고 특수한 방법을 통해 그 독성을 완벽하게 제거하지 않는 한 절대로 몸속에서 사라지지 않는 끈질긴 독이었다.

 자신이 중독되었다는 사실을 전혀 인지하지 못한 채 시간이 흐르면서 춘약의 독성은 점점 더 짙어졌다.

 그리하여 결국에는 아가씨의 내공이 그 춘약의 독을 제어하지 못하게 되자, 이번에는 마비산의 효력이 그녀의 전신을 옭아매기 시작했다.

 "아가씨께서 워낙 순진무구하시다 보니, 그 천천히 끓어오르는 성욕에 대해서 누구에게 상의할 엄두도 내지 못했을 것이오. 특히 성적인 단어를 들을 때마다 펄쩍펄쩍 뛰는 백고에게는 더욱 그러했을 것이오."

 만해거사의 말을 들은 백고의 얼굴이 살짝 붉어졌다.

 "그러니 아가씨는 그 부끄럽고 민망하며 수치스러운 상황에 놀라고 혼란스러운 상태에서 혼자 끙끙 앓았을 게 분명하오. 그리고 마비산이 그녀의 몸을 희미하게, 조금씩 경직시켰을 것이오."

 아가씨의 몸에 이상이 찾아왔다는 사실을 알게 된 건, 그 난투극이 있은 지 약 한 달 후의 일이었다.

 만약 아가씨가 객잔에서 식사하던 중 젓가락을 떨어뜨리지 않았더라면, 그리고 그게 몇 차례 반복되지 않았더라면 백고와 애화는 더더욱 그녀의 이상함을 눈치채지 못했을 것이었다.
 어쨌든 한 달이라는 시간이 흐른 후였다. 백고와 애화는 당연히 당시의 난투극을 떠올리지 못한 채 의생을 찾았다.
 의생 또한 아가씨의 몸 깊은 곳에 침투되어 있던 춘약과 마비산의 독성을 눈치채지 못한 채 간단한 약을 조제하여 건네주었다.

 -젓가락을 떨어뜨리는 건 흔히 있는 증상이오. 긴장을 풀고 마음을 편하게 하여 닷새가량 푹 쉬면 나을 것이오.

 의생의 말에 여인들은 고개를 끄덕이며 동의했다.
 여행을 하는 동안 아가씨는 계속해서 시비에 휘말렸다. 객잔이나 주루에 들를 때마다 신경을 써야만 했고, 가까이에서 들려오는 희롱과 음탕한 말들을 견뎌 내야만 했다.
 당연히 아가씨는 긴장과 불안 속에서 하루하루 보내야만 했을 것이다.
 그리 생각한 백고와 애화는 한적한 별채를 빌려 열흘 가까이 꼼짝도 하지 않으면서 지친 몸과 마음에 휴식을 주었다. 그리고 아가씨는 의생이 조제해 준 약을 하루도 빼먹지 않고 꼬박꼬박 복용하였다.

그렇게 첫 단추를 잘못 끼운 것이 결국 지금에 이르렀던 것이었다.

만해거사는 한숨을 쉬며 말했다.

"처음 아가씨의 증세를 확인했던 의생이 제대로 짚었더라면, 아가씨의 몸에 춘약과 마비산이 있다는 걸 알아냈더라면 아마 아가씨께서 지금 이렇게 되진 않았을 것이오."

하지만 첫 번째 의생의 오진(誤診)은 연쇄작용을 일으키며 아가씨의 몸 상태를 더욱 악화시켰고, 이후 아가씨를 진료한 모든 의생은 춘약과 마비산은 애당초 꿈도 꾸지 못한 채 전혀 다른 병명만을 떠올리며 그녀를 치료하고자 하게 된 것이었다.

"그 돌팔이가!"

백고가 주먹을 불끈 쥐며 소리치자, 만해거사는 씁쓸한 표정을 지으며 웃었다.

"어쩌면 돌팔이가 아닐 수도 있소."

"그게 무슨 소리요? 같은 의생이라고 편을 드는 것이오?"

백고가 표독스레 눈을 치켜뜨며 묻자 만해거사는 고개를 저으며 대답했다.

"그런 게 아니오. 의생이라고 해서 진맥과 문진만으로 모든 병명을 알아낼 수 없다는 말이오. 제대로 진찰하려면 환자의 옷도 벗겨야 하고, 평소 민망하고 부끄럽게 느껴지는 곳도 만져야 하오. 하지만 아가씨 곁에 성난 암호랑이가 있으니 그 어떤 의생이 감히 그런 요구를 할 수 있겠소?"

만해거사의 말에 백고의 얼굴이 이내 붉게 달아올랐다. 확실히 그녀는 아가씨의 몸에 사내의 손이 닿는 걸 철처하게 관리하고 단속했다.

그게 의생이든 누구든, 백고에게는 다 똑같은 '나쁜 사내'들이었으니까.

"알겠어요. 인정하죠."

백고는 그제야 고개를 끄덕이며 말했다.

"어쨌든 이제 아가씨께서 어떻게 쓰러졌는지 알게 되었으니 치료 방법은 매우 간단하겠군요?"

애화도 눈빛을 반짝이며 말했다.

"그렇겠네요. 춘약과 마비산의 해독약만 있다면 아가씨께서 깨어나실 수 있겠어요!"

"쯧쯧."

만해거사는 혀를 차며 중얼거렸다.

"내가 몇 번이나 엄중히 말했거늘 아직도 이렇게 춘약을 가벼이 여기다니."

일순 백고와 애화의 얼굴이 굳어졌다. 하지만 백고는 질 수 없다는 듯 뾰로통한 표정을 지으며 물었다.

"춘약에 중독되었다는 사실을 몰랐을 때야 위험하겠지만, 이제 알게 되었으니 상관없지 않나요?"

"물론 그렇소."

"거봐요. 내 말이……."

"하지만 그건 어디까지나 춘약에 중독된 지 얼마 되지 않았을 때, 아무리 늦어도 닷새 내외의 일이오. 하지만 아가씨는 무려 일 년 가까운 시간이 흐르지 않았소?"

만해거사의 목소리는 아직도 나직했지만 백고와 애화의 귓전에는 천둥 치듯 크게 호통하는 소리로 들려왔다.

그 일 년 가까운 시간 동안 도대체 뭘 했느냐고 질책하는 것만 같아서 두 여인은 차마 만해거사의 얼굴을 똑바로 쳐다볼 수가 없었다.

"게다가 혈맥과 기맥, 심맥에도 이상이 생겼소. 몇 가지 약재만으로 그것들을 복구하여 원래의 상태로 되돌리기에는 이미……."

만해거사가 고개를 저으며 말을 흐리자, 애화가 갑자기 그 앞에서 무릎을 꿇으며 고개를 조아렸다.

"제발 부탁드립니다. 어떤 방법이라도 좋으니 반드시 아가씨를 살려 주세요. 아가씨만 살려 주신다면 어떻게든 보답하겠습니다. 원하시는 게 무엇이든 이 목숨을 걸고 반드시 해 드리겠습니다."

애화가 모든 걸 내던지고 간곡하게 말하자 백고도 가만

히 있을 수가 없었다. 그녀 역시 자세를 고쳐 앉으며 만해거사에게 고개를 숙였다.

"부디 아가씨를 살려만 주신다면 그 은혜 평생 잊지 않고 갚겠습니다."

어느새 백고의 말투도 달라져 있었다.

만해거사는 길게 한숨을 내쉬며 아가씨를 내려다보다가 다시 고개를 들어 화군악을 바라보았다.

화군악의 눈이 휘둥그레졌다.

"왜, 왜요?"

더듬거리며 묻는 그의 목소리에 왠지 모를 불길한 기운이 스며들고 있었다.

2장.
밀희흡정체술(密嬉吸精體術)

화군악은 마치 파리 떼나 모기들을 피하는 것처럼
서둘러 그녀들 곁을 지나쳐 만해거사에게로 다가갔다.
만해거사는 여전히 뒷짐을 진 채 모닥불을 내려다보고 있었다.
가까이 다가간 화군악이 한숨을 쉬며 입을 열었다.
"밀희흡정체술(密嬉吸精體術)입니까?"

밀희흡정체술(密嬉吸精體術)

1. 밑 빠진 독에 물 붓기

"지금 아가씨에게 약을 먹게 하는 건 헛된 일에 불과하오. 간단하게 말하자면 밑 빠진 독에 물 붓는 일이오."

만해거사는 화군악을 바라보며 말을 이어 나갔다.

"아무리 귀하고 훌륭하며 뛰어난 약이라 할지라도 아가씨게 복용하게 되면, 그 약효들을 제대로 발휘하기 전에 피고름에 섞여서 복부의 상처 밖으로 흘러나올 수밖에 없소. 그러니 지금 가장 시급한 건 아가씨가 약효를 받아들일 수 있게, 그런 몸 상태를 만드는 일이오."

백고가 다급하게 물었다.

"그러니까 그런 몸 상태를 어떻게 만들겠다는 건가요?

약이 안 된다면 침술(鍼術)이나 대법(大法)을 펼치실 건 가요?"

만해거사는 살짝 고개를 갸웃거리며 말했다.

"물론 침술로도 가능할지 모르오. 하지만 지금 아가씨의 체력은 그 침술마저 받아들이지 못할 정도로 허약한 상태요. 그렇기 때문에 뭔가 특별한 대법을 생각하고 있는 참이오."

"그 대법이 뭔가요?"

이번에는 애화가 물었다. 오가는 대화 속에서 화군악은 점점 더 불안한 표정을 지었다.

"먼저 아가씨의 몸속 곳곳에 쌓여 있는 불순한 기운과 널리 퍼져 있는 독성을 몸 밖으로 빼내야 하오."

사람들 모두 초조하고 불안해하는 가운데 만해거사는 엉뚱한 이야기로 말문을 열었다.

"그리고 그렇게 빠져나간 불순한 기운을 대신하여 순후(純厚)한 정기를 그 자리에 밀어 넣어야 하오. 그 순후한 정기는 곧 아가씨의 기맥을 타고 흐르면서 막힌 곳을 뚫고 찢어진 곳을 복구하게 될 것이오. 그렇게 아가씨의 몸 상태가 최소한의 안정을 취하게 되었을 때, 비로소 침술이니 환단이니 하는 것들을 받아들일 수 있을 것이오."

'이, 이런……'

화군악의 얼굴이 딱딱하게 굳어질 때, 백고와 애화는

몸이 달아오른 듯한 표정으로 다급하게 말했다.

"그런 훌륭한 대법이 있다면 왜 지금 당장 펼치지 않는 거죠?"

"부탁드립니다. 어떻게든 우리 아가씨를 살려 주세요."

반면 만해거사는 아직도 마음을 정하지 못한 듯, 혹은 눈치라도 보는 듯 화군악에게서 시선을 떼지 못한 채 머뭇거리고 있었다.

"그게 그러니까……."

쉽게 말을 잇지 못하던 만해거사는 결국 마음을 정했다는 듯한 차례 크게 고개를 끄덕이고는 다시 입을 열었다.

"음양(陰陽)의 묘리를 이용한 대법이기 때문에 쉽게 말씀드리지 못하고 있었소."

백고는 고개를 갸웃거렸다.

"음양의 묘리를 이용한 대법이요?"

애화 또한 순간적으로 의아한 얼굴이 되었다가 이내 뭔가 머릿속으로 떠올린 듯 얼굴을 붉히며 당황해했다.

"하, 하지만 그건……."

"그렇소. 하지만 그건, 이오. 확실히."

만해거사는 단단하게 각오했다는 표정을 지으며 말했다.

"하지만 또 지금 상황에서는 아가씨를 살릴 수 있는 유일한 방법이기도 하오, 바로 그것이 말이오."

밀희흡정체술(密嬉吸精體術) 〈45〉

그제야 눈치를 챈 것일까. 백고가 새빨갛게 낯을 붉히면서 소리쳤다.

"안 됩니다!"

그녀는 가빠진 숨을 할딱이면서 말을 이었다.

"음양, 음양대법(陰陽大法)이라니요? 그, 그게 말이 되는 소리인가요? 절대 안 됩니다!"

당연한 반발이었다.

말이 좋아서 음양대법이지, 지금 만해거사는 아가씨가 처녀를 잃어야 한다고 주장하는 것이었다.

말 그대로 아직 사내 손길 한 번 타지 않은, 그야말로 순백색의 깨끗하고 정갈한 아가씨에게 되지도 않는 이야기를 늘어놓고 있는 것이었다.

"물론 나도 잘 아오. 또 이해도 하오. 그러니 끝까지 거절한다고 해서 뭐라 말할 생각도 없소."

만해거사는 말했다.

"하지만 한 번 더 생각해 주시구려. 어떻게든 아가씨의 목숨을 구하는 게 우선인지 아니면 처녀의 몸으로 죽는 게 나은 일인지 말이오."

만해거사는 그렇게 말하고는 자리에서 일어났다.

"나가세."

만해거사는 밖으로 나가며 화군악에게 말했다. 화군악은 힐끗 백고와 애화를 돌아본 후, 만해거사를 따라 천막 밖으로 걸음을 옮겼다.

천막 밖에는 네 명의 여인과 소자양, 담호가 초조한 낯빛으로 기다리고 있다가 만해거사와 화군악을 반겼다.

"어찌 되었습니까?"

소자양은 궁금해할 여인들을 대신하기라도 하듯 서둘러 물었다. 그러나 만해거사는 아무 대꾸 없이 뒷짐을 진 채 모닥불로 향했다.

화군악은 어깨를 으쓱거리며 말했다.

"아가씨의 생사는 이제 그녀들이 결정에 달렸다."

소자양과 담호의 눈이 커졌다.

"그게 무슨 뜻인가요?"

소자양과 담호가 입을 열기도 전에, 네 명의 여인들이 득달처럼 달려와 화군악을 에워싸며 빠르게 입을 놀렸다.

"그녀들의 결정에 달렸다는 말은 곧 아가씨께서 살아나실 수 있다는 뜻인 거죠?"

"도대체 어떤 방법이기에 백고와 애화 언니의 결정에 달렸다는 건가요?"

네 명의 여인들이 동시에 서로 다른 질문을 쏟아붓자 화군악은 가볍게 눈살을 찌푸리며 손을 내저었다.

"그건 가서 백고나 애화 소저에게 물어보시기를."

화군악은 마치 파리 떼나 모기들을 피하는 것처럼 서둘

밀희흡정체술(密嬉吸精體術)〈47〉

러 그녀들 곁을 지나쳐 만해거사에게로 다가갔다. 만해거사는 여전히 뒷짐을 진 채 모닥불을 내려다보고 있었다.

가까이 다가간 화군악이 한숨을 쉬며 입을 열었다.

"밀희흡정체술(密嬉吸精體術)입니까?"

밀희흡정체술을 남녀의 정사를 통해서 정기와 내공을 흡수하는 흡정술(吸精術)로, 십삼매가 공적십이마들의 무공 중 몇 가지를 단순화하여 만든 경천십삼무결록(驚天十三武訣錄)에 실린 무공 중 하나였다.

애당초 경천십삼무결록이 이른바 무림오적의 무위 향상을 위해서 만든 책자인 만큼, 당연히 화군악도 그 안의 모든 무공을 섭렵할 수 있었다.

그리하여 화군악이 음양쌍괴, 그리고 저 인요 한조와 몸을 섞으면서 버티고 이길 수 있던 근원 중 하나가 바로 밀희흡정체술이었다.

"그렇다네."

만해거사는 모닥불을 내려다보며 고개를 끄덕였다.

"게다가 자네는 한조와 함께 정사를 치르면서, 도한 음양쌍괴와 잠자리를 가지면서 서로의 정기를 빼앗고 뺏는 일들에 능하게 되었을 거네."

"아, 그래서……."

화군악은 그제야 왜 만해거사가 자신을 바라보았는지 제대로 이해할 수가 있었다.

"아가씨가 나쁜 기운을 토해 내고 순후한 정기를 받아들이는 것만으로 끝날 수 있다면 왜 굳이 음양대법을 펼치려 하겠는가?"

만해거사는 어깨를 으쓱거리며 말했다.

"만약 그것뿐만이라면 아가씨의 맥문에 내공을 불어넣어서, 혹은 명문혈에 장심을 대고 내공을 흘려보내서 탁한 기운을 체외로 빼내면 그만이겠지."

하지만 그게 전부가 아니었다.

아가씨의 신체에 쌓이고 퍼진 독성은 이미 단 한 번에 모두 제거할 수가 없는 상황이었다.

그건 마치 운기조식을 할 때 진기가 몸속을 한 바퀴 크게 돌며 회전하는 주천(周天)처럼, 꾸준히 탁하고 독한 기운과 순후한 정기를 뒤섞이게 하면서 그 독성을 희석해야 했다.

무엇보다 먼저 그렇게 독기가 희석되면서 몸속의 고름들이 모두 몸 밖으로 빠져나가야 했다.

그제야 비로소 화군악의 순후한 정기가 그 자리를 대신하게 되는 것이고, 또 그제야 비로소 만해거사의 침술이나 환단을 받아들일 수 있는 몸 상태가 되는 것이었다.

"입과 입을 맞부딪친 상태에서 탁기(濁氣)를 빨아들이고 성기와 성기가 합치된 상황에서 순기(純氣)를 내보내야 하는 것이네. 마치 물레방아가 도는 것처럼 그렇게 계속해서 탁기와 순기를 교차해야만 하는데, 그게 가능한 사람은 우리들 중에 자네밖에 더 있겠나?"

만해거사의 진중한 목소리에 화군악은 저도 모르게 주위를 둘러보았다.

여전히 관도 저편에서 이쪽 상황을 궁금해하며 연신 고개를 기웃거리는 강호오괴야 따로 말할 필요가 없었다. 소자양은 물론이고, 담호가 과연 그런 일을 해낼 수 있을까 하면 역시 고개가 갸웃거려지는 일이었다.

그렇다고 만해거사에게 맡기기에는…….

"뭐, 나도 음양대법 하나둘 정도는 익히 알고 있기는 하네. 다만 어쨌든 천축에서 수행하고 온몸이 아닌가?"

만해거사가 주름진 얼굴로 히쭉거리며 말하자, 화군악은 억지로 웃었다.

만해거사는 곧 유쾌한 표정을 지으며 말을 이었다.

"그나마 나보다는 자네가 아가씨를 품는 게 서로에게 나은 일이지. 만약 내가 자신을 품은 사실을 그 아가씨가 알게 되는 날에는……."

만해거사가 일부러 과장되게 몸을 부르르 떨었다. 또한 화군악도 한숨을 쉬며 중얼거렸다.

"하지만 내 마누라가 아는 날에는……."

"허허. 이곳에서 벌어진 일을 어찌 화 부인이 알아차리겠는고? 단단히 입단속을 할 터이니 그런 건 걱정하지 말게."

만해거사가 그렇게 웃으며 말할 때였다. 천막에서 한 여인이 밖으로 걸어 나왔다. 애화였다.

그녀는 자신을 향해 달라붙은 네 명의 여인을 뒤로한 채 곧바로 만해거사와 화군악을 향해 걸어왔다.

이미 백고와 대화를 끝내고 결심한 것일까. 그녀의 표정에는 결연하고 단호한 의지의 빛이 마치 날카로운 칼날처럼 새겨져 있었다.

"두 가지만 묻겠어요."

애화는 만해거사를 똑바로 쳐다보며 말했다.

"그 방법이라면 반드시 아가씨를 살릴 수 있는 건가요?"

만해거사는 고개를 끄덕였다.

"당연하오. 살릴 수 없다면 애당초 말도 꺼내지 않았을 것이오."

"그럼 시술자는……."

"물론 난 아니오."

만해거사의 말에 애화는 화군악을 돌아보았다. 왠지 그 눈빛이 아리다는 생각을 하면서 화군악이 머뭇거리며 말했다.

"그렇소. 만약 한다면 내가 하게 될 것이오."

애화의 눈빛이 사뭇 흔들렸다가 다시 단호하게 굳어졌다.

"그럼 한 가지만 더 확인하겠어요."

애화는 만해거사와 화군악을 돌아보며 말했다.

"그 누구에게도 그…… 그 치료법을 말하지 않겠다고 약속해 주세요."

"물론이오."

만해거사는 빠르게 대답했다.

화군악은 문득 조금 전 만해거사와 나눴던 이야기를 떠올리면서 당연하다는 듯이 말했다.

"물론이오. 나 역시 그게 알려지면 꽤 고달프게 되니 말이오."

"고달프게 된다니……."

애화가 일순 고개를 갸웃거렸다. 그러고는 이내 뭔가를 떠올린 듯 표독스러운 눈빛으로 화군악을 노려보았다.

화군악은 애써 그 눈빛을 외면하며 말했다.

"한 가지만 말하겠소. 나도 내켜서 하는 일이 아님을 반드시 알아주시구려."

"사실이오."

만해거사가 맞장구를 쳤다.

"실은 이 치료 방법에 있어서 아가씨의 몸에서 옮겨 와 쌓인 독기와 독성을 만약 군악이 감당하지 못한다면, 군악조차 큰 위험에 빠질 수 있으니까. 그 위험을 감내하고 그대의 아가씨를 구하고자 하는 것이오."

화군악은 애화를 바라보며 가만히 고개를 끄덕였다. 하지만 정작 그의 내심은 당황하고 놀란 상황이었다.
　'정말 내가 위험에 처할 수도 있는 건가?'
　화군악이 그런 생각을 할 때, 애화가 갑자기 길게 한숨을 내쉬었다. 그러고는 손을 모아 허리를 굽히며 말했다.
　"그럼 부디 우리 아가씨를 구해 주시기 바랍니다."
　만해거사가 말을 받았다.
　"이곳에서는 할 수 없소."
　당연한 일이었다.
　어쨌든 천막이라고는 하지만 기껏해야 양가죽 하나뿐인 천막이었다. 그곳에서 밀희흡정체술을 펼친다면, 귀 밝은 몇몇 늙은이들이 눈치챌 수도 있었다. 어디 한적하고 조용하며 사방이 꽉 막힌 곳이 필요했다.
　"근처 어딘가에 사당(祠堂)이라도 있는지 찾아보는 게 우선일 것 같구려."
　만해거사의 말에 애화도 그런 생각을 하고 있었는지 순순히 고개를 끄덕였다.
　그녀는 곧 모닥불을 떠나 다른 여인들에게 지시를 내렸다. 여인들이 의아한 표정을 감추지 못한 채 사방으로 흩어졌다.
　애화 또한 그녀들과 함께 관도 안쪽 숲으로 향하다가 문득 고개를 돌려 화군악을 바라보았다.

착각이었을까. 화군악은 문득 그녀가 울고 있다고 느꼈다.
하지만 이내 애화는 숲으로 사라졌다.
멀리서 부엉이 우는 소리가 희미하게 들려왔다.

2. 폐당(廢堂)에서 벌어지는 일

 다행히도 사당을 찾는 건 생각만큼 어렵지 않았다.
 관도에서 약 이백여 장 안쪽, 깊은 숲속으로 들어가자 금방이라도 허물어질 것만 같은 낡은 폐당(廢堂) 하나가 있었다.
 건물의 단청(丹靑)은 모두 벗겨졌고, 입구의 목책(木柵)도 반 이상 부러져서 문의 역할을 할 수 없는 상태였다.
 사당의 벽도 곳곳이 뜯어져 나가서 바람은 물론 비도 들이칠 것 같았으며, 사당 안은 거지나 도적이 머물렀던 것처럼 사방이 어지럽혀져 있었다.
 도대체 무얼 모시던 사당인지 알 수 없을 정도로, 불상(佛像)인지 관우상(關羽像)인지 태상노군(太上老君)의 목상(木像)인지 전혀 가늠할 수 없는 토막 난 목상 하나가 부서진 제단 앞에 세워져 있었다.
 "이런 곳이라도 있는 게 어딘가?"

만해거사는 길게 한숨을 쉬며 주위를 둘러보았다.

사방은 울창한 나무들로 가득 차 있었고, 사당 한쪽 옆으로는 산으로 올라가는 길과 다시 관도로 이어지는 길이 맞닿아 있었다.

지금은 비록 이렇게 다 쓰러져 가는 폐당이기는 하지만 그래도 수십 년, 혹은 백여 년 전에는 제대로 된 사당 구실을 했던 모양인 것 같았다.

"주변 이십여 장 밖으로 경계망을 펼치시게."

만해거사는 이 폐당을 발견한 여인들과 담호, 소자양을 둘러보며 말했다.

"나는 이곳에……."

"아니, 그대도 이곳에 있을 필요가 없소."

백고가 입을 떼는 순간 만해거사가 곧바로 고개를 저으며 말했다.

"한 번 맡긴 이상 끝까지 우리를 믿어 주시오. 만약 우리를 믿지 못한다면 바로 우리는 돌아갈 터이니."

만해거사의 말은 나직했으나 단호했다. 백고가 입술을 깨물자 애화가 한숨처럼 처연한 목소리로 말했다.

"그래요. 처음부터 믿지 않았으면 모르되 한 번 믿은 이상 끝까지 믿어야죠. 하지만 반드시 아가씨를 살려 내야만 할 거예요, 여러분도."

애화는 만해거사와 화군악을 돌아보며 서늘한 살기가

맴도는 목소리로 말했다.

"만약 아가씨께 변고가 생기기라도 한다면 그때는 제 목숨을 걸고 모두 죽일 테니까요."

"걱정하지 마시게나."

만해거사는 그녀를 달래듯 미소를 지었다. 그러고는 담호와 소자양을 향해 말했다.

"너희들은 다섯 늙은이와 함께 있으려무나. 행여 그 말썽꾸러기들이 이쪽으로 오지 못하도록 단단히 경계하고. 그게 너희들이 할 일이다."

"알겠어요, 만해 할아버지."

담호와 소자양은 곧바로 숲 밖, 관도로 이어지는 길을 따라 달려갔다. 그들, 특히 담호가 달려가는 뒷모습을 보던 백고가 묘한 표정을 지으며 중얼거렸다.

"저 어린 나이에 저 정도의 무위를 보이다니…… 우리 아가씨와 비교해도 뒤지지 않을 것 같구나."

만해거사는 그 중얼거림을 듣지 못한 척하면서 화군악에게 다가가 소곤거렸다.

"아가씨라는 사람의 내공은 이미 화후의 경지에 올라 있다. 춘약과 마비산에다가 온갖 엉터리 약을 복용하면서도 일 년 가까이 버티고 있는 건 그 높은 내공 덕분이다. 그러니 조심하도록 해라."

화군악은 말없이 고개를 끄덕였다. 만해거사도 고개를

끄덕인 후 여인들을 둘러보며 지시했다.

"그럼 바로 움직이시오. 우리 또한 곧바로 대법을 시전할 터이니 말이오."

백고는 아직도 미진한 구석이 남아 있는 듯 머뭇거렸다. 하지만 애화가 그녀를 잡아끌었고, 백고는 어쩔 도리 없다는 듯 짧은 탄식을 내뱉고는 숲속으로 사라졌다.

여섯 명의 여인들이 숲속으로 사라진 후, 화군악은 천천히 폐당을 향해 걸어갔다. 만해거사는 폐당 밖 벽에 등을 기대고 가부좌를 틀면서 말했다.

"예서 지키고 있을 터이니 만에 하나 무슨 일이 생기더라도 절대 당황하지 말고 나를 찾거라. 바로 도와줄 터이니 말이다."

"걱정하지 마세요, 만해 사부."

화군악은 빙긋 웃으며 폐당 안으로 들어섰다.

양가죽 천막을 찢어서 벽의 곳곳에 난 구멍을 가리고 어느새 모닥불까지 피워 놓은 폐당 내부는 의외로 아늑하기까지 했다.

모닥불과 제단 사이에는 들것이 놓여 있었고, 그 위에 죽은 듯 누워 있는 여인이 있었다.

갓 스물을 넘겼을까.

지금껏 화군악이 만났던 그 어떤 미녀보다도 아름다운 용모와 뇌쇄적인 육체를 지닌, 하지만 정작 그 이름은 아직도 모른 채 그저 아가씨라는 단어로 부르고 있는 여인.

그런 여인과 음양술을 펼칠 기회가 생겼으니 당연히 사내로서 약간의 기대와 설렘으로 가슴은 두근거려야 했고, 뜨거운 욕망과 흥분으로 아랫도리는 불끈거리다 못해 우뚝 서는 게 정상이었다.

하지만 의외로 화군악은 평정을 유지하고 있었다.

화군악은 냉정하고 이성적인 시선으로 아가씨를 내려다보았다. 그건 곧 범할 계집을 보는 수컷의 그것이 아닌, 마치 환자를 치료하는 의생의 시선이었다.

'만해 사부까지는 아니더라도……'

화군악은 아가씨의 곁에 자리를 잡고 앉으며 속으로 중얼거렸다.

'어쨌든 내 오지랖으로 벌어진 일인 이상, 최선을 다해 살려 봐야지.'

화군악은 천천히 손을 뻗어 아가씨의 아랫도리를 벗기기 시작했다.

대체로 흡정술(吸精術)이란 사내의 음경(陰莖)과 여인의 음문(陰門)이 합쳐진 상황에서, 구강(口腔)과 구강이 밀착된 상황에서 상대의 정기와 내공을 빨아들이거나 뱉는 술법을 의미했다.

그러니 굳이 입고 있던 모든 옷을 다 벗을 필요는 없었다. 서로 아랫도리를 까 내린 채 아랫도리를 슬슬 비벼

대면서 보다 더 쉽고 빠르게 정기와 내공을 빨아들일 수 있게 상대의 물건을 달아오르게 만든 후, 주문처럼 구결을 읊으며 흡정술을 시전하면 되는 것이었다.

섬세하고 재빠른 손놀림으로 아가씨의 아랫도리를 벗긴 화군악은 잠시 그녀의 아랫도리를 내려다보았다. 지금껏 수많은 여인과 잠자리를 가졌지만 언제나 처음 접하는 여인은 새로울 수밖에 없었다.

아랫도리의 생김새도 마찬가지였다.

의외로 사내의 물건 모습이 다 다르듯, 여인의 그곳 모습도 모두 달랐다. 심지어 수풀의 형상, 모양, 울창함도 저마다 각양각색이었다.

아가씨는 마치 칼이나 가위로 관리를 해 온 것처럼 모양이 반듯하며 울창함도 적당했다. 무엇보다 부드럽고 탐스러워 보이는 것이, 비단결 같다는 표현이 절로 떠오르는 그런 수풀이었다.

게다가 오랫동안 혼수상태로 병상에 누워 있었던 것치고는 백고나 애화의 간호 덕분인지, 수풀 깊은 곳에서는 깨끗하고 심지어 향기로운 냄새까지 흘러나오고 있었다.

화군악은 천천히 자신의 아랫도리를 벗었다. 조금 전과는 달리 앉아 있는 상태에서도 그의 굵은 아랫도리는 우뚝 선 채 파르르 떨리고 있었다.

화군악은 허리를 굽혀 아가씨의 어깨를 잡아 세웠다.

아가씨의 고개가 뒤로 축 늘어진 채 몸을 일으켰다. 화군악은 일으킨 아가씨를 자신의 허벅지 위에 앉혔다. 이번에는 아가씨의 고개가 화군악의 어깨에 털썩 내려앉았다. 꽃처럼 향긋한 냄새가 흐르고 있었다.

 화군악은 아가씨의 그곳을 벌린 후 자신의 물건으로 쓰다듬듯 애무하듯 천천히 비비기 시작했다. 동시에 그는 밀희흡정체술의 구결을 암송하기 시작했다.

 그의 단전에 모여 있던 내기(內氣)가 그 구결에 따라 천천히 움직였다. 하복부가 뜨거워지면서 몸속 모든 피가 그의 아랫도리로 쏠리는 것 같았다. 동시에 그의 아랫도리는 더욱 굵고 커져서 마치 몽둥이처럼 단단해졌다.

 화군악은 손을 뻗어 자신의 어깨에 기대고 있던 아가씨의 고개를 들어 올린 후 자신의 얼굴 정면에 세웠다. 아가씨의 가늘고 긴 속눈썹이 화군악의 시야에 들어왔다.

 가늘고 날렵한 아미(蛾眉), 오똑한 코, 하얗다 못해 창백한 살결, 조그맣지만 도톰한 입술이 고스란히 화군악의 두 눈에 가득 찼다.

 하지만 화군악은 호흡 한 점 흐트러짐 없이 계속해서 구결을 암송했다.

 아가씨의 허리를 감아서 명문혈에 대고 있던 손과 그녀의 목덜미를 쥐고 있는 그의 손이 차츰 따뜻해지는 한편, 아가씨의 입술을 마주하고 있던 그의 입술 사이로 달뜬 숨결이 흘러나왔다.

그런 화군악의 열기 때문이었을까. 차갑게 식어 있던 아가씨의 몸도 따듯해지기 시작했다.

또 그런 화군악의 숨결 때문이었을까. 굳게 입을 다물고 있던 아가씨의 입술이 희미하게 벌어지면서 새하얀 치아가 언뜻 드러났다.

화군악의 눈빛은 여전히 침착했다. 아가씨가 아름다울수록, 요염한 자태를 보일수록, 무엇보다 자신의 욕망과 성욕이 차오를수록 화군악은 정신을 집중했다.

당연한 일이었다.

그녀의 몸에 정신이 팔린 나머지, 성욕을 채우겠다는 욕심에 밀린 나머지, 밀희흡정체술의 구결 암송이 중단이라도 되는 날에는 모든 것이 도로 아미타불이 되는 것이었다.

흡정술을 비롯한 음양술법은 지독한 정신력을 필요로 하는 술법이었다.

성교(性交)의 쾌감과 희열과 열락에 취해 이성의 끈을 잃는다면 외려 상대에게 자신의 모든 정기와 내공을 건네줄 수도 있었으며, 심지어는 몸속에서 난동을 부리는 내공과 정기의 폭주를 억제하지 못하는 바람에 주화입마에 빠질 수도 있었기 때문이었다.

그래서 화군악은 구결의 암송이 끊어지지 않도록 경계

하고 조심하면서 천천히 그녀의 창백하지만 도톰한 입술에 자신의 두툼한 입술을 가져다 댔다.

입술과 입술이 비벼지면서 화군악의 뜨겁게 달아오른 숨결이 아가씨의 입술 사이로 스며 들어갔다. 타액으로 흥건하게 젖어 있던 화군악의 혀가 아가씨의 입술 사이를 비집고 들어가며 그 통로를 넓혔다.

활짝 열린 아가씨의 입안으로 들어간 화군악의 뜨거운 숨결은 곧 그녀의 목구멍을 타고 내려가 오장육부로 퍼지기 시작했다.

화군악의 침은 감로수(甘露水)가 되어 아가씨의 혀와 치아와 입안을 적셨다. 동시에 그의 아랫도리는 서로의 그것이 미끄덩해지도록 여전히 아가씨의 그곳을 비비고 있었다.

그렇게 얼마의 시간이 흘렀을까.

혼수상태에 빠져 있던 아가씨의 축 늘어진 몸에서 변화가 일기 시작했다.

아가씨의 창백하던 살결에는 분홍빛이 스며들었고, 아가씨의 아랫도리는 언제든지 사내의 그것을 품을 수 있도록 포근하고 따스한 습기를 지닌 채 느슨하게 열리기 시작했다.

드디어 밀희흡정체술을 시작할 때가 된 것이었다.

화군악은 아가씨의 명문혈에 대고 있던 손을 떼어 자

신의 양물(陽物)을 잡은 다음 천천히, 조심스럽고 세심한 동작으로 아가씨의 그곳에 밀어 넣었다.

바로 그 순간 시체와 다름없던 아가씨의 신체가 파드득, 하며 마치 경련을 일으키는 것만 같았다.

화군악은 쉬지 않고 구결을 암송하면서 드디어 밀희흡정체술을 펼쳤다. 동시에 화군악의 아랫도리에 가득 모여 있던 정기와 내공이 천천히 아가씨의 음문을 통해 몸속으로 흘러 들어가기 시작했다.

화군악의 내공은 북해빙궁의 빙정(氷晶)에서 그 근원을 찾을 수 있는 순수한 음기(陰氣)를 지니고 있었다. 그리고 그 음기는 아가씨의 몸속, 장기 곳곳에 달라붙어 갉아 먹고 있던 독성들을 천천히 밀어내기 시작했다.

일 년 가까이 아가씨의 몸속에서 성장하여 자리를 잡은 독성들은 쉽게 밀리지 않으며 끝까지 저항하려 했다.

하지만 화군악의 정기와 내공은 이미 절정 고수의 수준을 뛰어넘고 있었으며, 결국 독성들은 천천히 밀려 나가기 시작했다.

바로 그때였다.

아가씨와 입술 사이로 숨결을 밀어 넣던 화군악은 더없이 강한 흡착력으로 아가씨의 혀와 입안의 모든 것을 빨아먹을 듯이 들이켰다.

아가씨의 아랫도리를 통해 들어온 화군악의 정기와 내

밀희흡정체술(密嬉吸精體術) 〈63〉

공을 감당하지 못한 채 위쪽으로 밀려나던 독성들은 그 화군악의 강력한 흡입(吸入)에 따라 그녀의 목구멍을 통해 거슬러 올라가더니 이내 입 밖으로 배출되기 시작했다.

화군악은 그녀의 입을 통해 쏟아지는 모든 독성과 독기를 쉬지 않고 빨아들였다.

바로 밀희흡정체술을 통한 치료가 시작되는 것이었다.

그런 와중에, 화군악의 입술부터 시작하여 얼굴 전체가 새까맣게 변하고 있었다.

3. 복수가 먼저라고

아가씨의 신체 내부를 잠식하고 있던 독기와 독성들은 화군악의 입술을 통해서 그의 몸속으로 흘러들었다. 화군악의 입술과 얼굴이 점점 새까맣게 변하는 건 바로 그 독성과 독기 때문이었다.

사실 내공의 고수라면, 그리고 이런 흡정대법이나 음양술을 이용하여 상대의 내상을 치료하고 독기를 몰아낸 경험이 많다면 자신의 몸속으로 흘러든 독을 어떻게 처리할지 이미 잘 알고 있을 터였다.

가령 내공의 고수라면 삼매진화(三昧眞火)처럼, 상대의 독성과 독기가 몸으로 들어오는 즉시 족족 태워서 정수리 밖으로 내보냈을 것이다.

하지만 강만리라면 몰라도 아쉽게도 화군악의 내공은 아직 그런 경지에 오르지 못한 상태였다.

그렇다고 흡정술이나 음양술을 통해서 상대의 내상을 치료하거나 독기를 몰아낸 경험이 많은 것도 아니었다. 바로 그렇기 때문에 만해거사가 폐당의 벽을 등지고 가부좌를 튼 채 앉아 있었던 것이었다.

화군악이 펼치는 밀희흡정체술이 어느 정도 본격적인 궤도에 들어섰을 때, 만해거사가 그 대응법에 대해서 알려 주고 방향을 인도하기로 미리 약조해 둔 상태였다.

하지만 화군악이 아무리 기다려도 만해거사의 목소리가 들려오지 않았다.

'이 노인네가 기다리다 못해 잠든 거 아냐?'

화군악은 새카맣게 변색된 얼굴을 찌푸리며 내심 투덜거렸다.

결국 화군악은 마냥 기다릴 수가 없다고 생각하여 독기와 독성을 자신의 몸속으로 들여보냈다.

동시에 그는 중단전(中丹田)을 비워 그곳에 독기와 독성을 몰아넣었다. 그러자 새까맣게 변했던 얼굴이 피부색이 차츰 원래 상태로 돌아오기 시작했다.

그러나 그건 어디까지나 임시방편에 지나지 않았다. 중단전의 그릇은 작았으며, 아가씨의 입에서 흘러나와 화군악의 입으로 들어오는 독성과 독기는 아직도 그 끝을 알 수가 없었다.

독기와 독성이 중단전을 가득 채우고 넘쳐서 장기로 퍼져 나가기 전에 뭔가 대책을 세워야 했다.

'중간에 멈출 수 없으니 만해 사부를 깨울 수도 없는 노릇이고……'

화군악의 눈가에 초조한 빛이 어렸다.

물론 그 와중에도 화군악은 아랫도리를 쉬지 않고 움직였으며, 또 입술과 혀를 이용하여 아가씨의 몸속에 있는 독기와 독성을 빨아들이고 있었다.

'젠장. 아무래도 죽이 되든 밥이 되든 내가 다 해결해야 할 것 같군그래.'

화군악이 그렇게 생각할 때였다. 한순간 그의 눈빛이 변하며 표정이 다급해졌다. 누군가 폐당 안으로 들어서는 기척을 감지한 까닭이었다.

'설마 적?'

지금 화군악의 상태는 운기조식을 하는 상황과 매한가지였다. 누군가 다가와서 그의 명문혈을 치기라도 한다면 그는 꼼짝없이 목숨을 잃을 터였다.

바로 그때였다.

"이런, 이런."

귀에 익은 목소리가 폐당 입구에서 들려왔다.

"도대체 무슨 수작들인가 궁금해서 와 봤더니, 예서 정사를 나누고 있었네그려."

"허어. 우리에게는 기다리라고만 하더니 정작 주인 나리께서 계집과 몸을 섞어?"

"저 봐. 지금껏 우리가 봐 왔던 그 어떤 계집보다도 아름답잖아? 심지어 저 밖의 미녀들이 추녀들로 보일 정도로 말일세."

"내 말을 듣기 잘했지? 이 폐당 주변을 경계하던 계집들을 희롱할 시간에 이곳에서 무슨 일이 벌어지고 있는지 확인하는 게 낫다고 했잖아?"

화군악의 눈이 휘둥그레졌다.

두런두런 대화를 나누면서 성큼성큼 폐당 안으로 걸어 들어온 자들은 다름 아닌 강호오괴, 다섯 늙은이였던 것이었다.

* * *

"너희들은 다섯 늙은이와 함께 있으려무나. 행여 그 말썽꾸러기들이 이쪽으로 오지 못하도록 단단히 경계하고. 그게 너희들이 할 일이다."

만해거사의 지시를 받은 담호와 소자양은 곧바로 숲을 빠져나왔다. 그리고 관도를 건너 맞은편 강호오괴들이

기다리고 있어야 할 곳으로 달려갔는데, 정작 그곳에는 아무도 없었다.

"다들 볼일을 보러 간 건가?"

소자양은 태평한 얼굴로 주위를 둘러보며 중얼거렸다.

하지만 담호는 달랐다. 관도를 건너기 전부터 강호오괴의 기척이 없는 걸 알아차린 담호의 얼굴은 이미 딱딱하게 굳어 있었다.

"아뇨. 다들 말썽을 피우러 간 모양이에요."

담호의 말에 소자양이 고개를 갸웃거리며 물었다.

"말썽? 설마 기녀들과 자려고 주변 마을을 찾아간 거야?"

"설마요. 근처에 젊고 아름다운 여인들이 많은데 왜 주변 마을을 찾아가겠어요?"

"허어."

그제야 소자양의 얼굴도 딱딱하게 굳어졌다.

소자양 또한 강호오괴가 얼마나 지독한 말썽꾸러기들인지 이미 경험을 통해 잘 알고 있었다. 그들이 축융문에 묵는 동안, 그들이 벌인 온갖 악행들이 새삼스레 소자양의 머릿속에 밀려들었다.

문제는 강호오괴가 자신들의 악행을 나쁜 짓이라고 전혀 생각하지 않고 있다는 데 있었다.

그들은 그저 살짝 짓궂은 장난, 사람들이 어이없어서

웃고 말거나 당황해서 어쩔 줄 모르거나 혹은 황당한 나머지 한숨을 쉬는 정도의 장난, 딱 그 정도로 생각하고 있었다.

그러나 정작 당하는 사람이나 조직 쪽에서는 전혀 그렇게 생각할 수가 없었다.

특히 조상들의 신위(神位)를 거꾸로 뒤집어 놓고 제당(祭堂)을 온통 헝클어 놓았을 때는, 다른 장난에는 그래도 관대하던 축융문의 노부인마저 크게 진노하여 그들을 내쫓으려 했을 정도였다.

"말썽이라니, 제발 큰일이 아니었으면 좋겠는데."

소자양은 폐당이 있는 맞은편 숲 쪽을 바라보며 저도 모르게 중얼거렸다.

"괜히 그쪽 여인들을 지분거리다가 싸움이라도 벌어지는 날에는…… 아니, 무력으로 그쪽 여인들을 겁탈하기라도 한다면…… 아니, 말을 듣지 않는다고 그녀들의 목숨을 빼앗기라도 한다면……."

담호의 얼굴빛이 달라졌다.

"최대한 빨리 할아버지들의 행방을 찾아야 해요. 제가 할아버지들을 찾을 테니까 형님은 만해 할아버지께 가서 이 사실을 알려 주세요."

"그, 그렇게 하자."

소자양은 황급히 고개를 끄덕였고 두 사람은 이내 자신

들이 발휘할 수 있는 최고의 경공술을 펼치며 다시 폐당 쪽 숲으로 날아들었다.

* * *

"도대체 우리만 여기 있어야 하는 이유가 뭐지? 저 어린 애송이들도 계집들과 희희낙락 떠들고 있는데."

"그러니까. 우리가 계집들을 죽이기라도 해? 아니면 겁탈하기라도 해? 뭐, 생각해 보면 우리를 무슨 천하의 못된 악인으로 여기는 것 같다니까?"

"아무리 주인 나리라고 해도 이번 일은 가만히 있을 수가 없겠네. 우리를 무시하는 것도 그렇고, 우리와 한 약속을 지키지 않는 것도 그렇고…… 확실히 우리가 어떤 사람들인지 제대로 보여 줄 필요가 있을 것 같아."

"좋아. 다들 의견이 일치했으니, 그럼 어떤 식으로 본때를 보여 줄까? 계집들 모두 겁탈해 버려?"

"흐음. 그것도 나쁘지 않은 방법이지. 어쨌든 숫자는 비슷하니까. 한 사람당 한 명씩 겁탈하기 딱 좋잖아?"

"그게 무슨 소리야? 자네 많이 멍청해졌군그래. 번갈아 가면서 겁탈하면 한 사람당 대여섯 계집의 속살을 맛볼 수가 있는데."

"그렇지. 그런 방법도 있었군그래."

"허어. 아무래도 이번 주인 나리를 따라다니면서 확실히 우리가 너무 나약하고 순해진 것 같아. 예전이라면 자네가 먼저 그런 방법을 제안했을 텐데 말이지."

"그러니까. 우리가 이렇게 나약해진 건 모두 주인 나리 때문이야! 주인 나리가 우리의 모든 걸 망쳐 놓고 있다고!"

"맞아. 내가 무식하기는 하지만 그래도 멍청하지는 않았거든. 그런데 북해빙궁이니 축융문이니 하는 곳에 머물면서 진짜로 멍청해진 것 같아. 그게 다 주인 나리 때문이라고."

"그럼 이렇게들 하자. 그게 뭔지는 모르겠지만 아예 주인 나리의 일을 훼방하는 거야."

"내 생각도 그래. 내가 비록 무식하기는 하지만 주인에게 복수하기 위해서는 지금 계집들을 겁탈하고 있을 때는 아니라고 봐."

"그래! 복수가 먼저라고!"

"기회를 봐서 아예 주인 나리를 죽이는 것도 나쁘지 않을 것 같은데?"

"흐음. 그런 방법도 있겠군. 사실 우리가 주인 나리보다 실력이나 내공이 뒤떨어져서 이렇게 가만히 있는 게 아니기는 하지. 단지 내기에 졌고, 그 내기의 조건에 승복하느라 주인 나리로 모시고 있을 뿐이니까."

"그렇지. 그게 아니라면 왜 그런 천둥벌거숭이 같은 애송이를 주인 나리라고 부르겠나?"

"하기야 이제 슬슬 지겨워지기도 했으니까."

"내가 비록 무식하기는 하지만 '약속은 깨지라고 있다'는 것 정도는 잘 알고 있거든."

"좋아. 그럼 이렇게 방침을 정하겠네. 우선은 주인 나리의 일을 훼방한다. 그리고 때를 봐서 기회가 되면 주인 나리를 죽인다. 정 그게 아니다 싶으면 다시 돌아가 그 계집들을 겁탈한다. 어떤가?"

"호오. 역시 천하의 무불통지 노로통다운 제안이야."

"바로 그게 지금 내가 제안하려던 것이었네."

강호오괴는 그렇게 의기를 투합했다. 마침 그때 관도 맞은편에서는 안전하게 아가씨를 치료할 폐가나 사당을 찾기 위해 숲 안쪽으로 움직이고 있었다.

강호오괴는 조심스레 사람들의 움직임을 지켜보다가 모든 이들이 숲 안쪽으로 사라진 후, 천천히 몸을 일으켜 관도를 건너갔다.

그들의 얼굴에는 사악하고 잔인하며 흉악한 미소가 가득 차 있었다.

* * *

백고와 애화를 포함하더라도 겨우 여섯에 불과한 그녀

들이 폐당 일대를 완벽하게 경계하는 건 확실히 무리였다.

게다가 상대는 천하의 강호오괴였다.

그녀들이 아무리 두 눈 부릅뜨고 주위를 둘러본다 한들, 강호오괴가 뒷짐을 진 채 포위망을 뚫고 폐당으로 향하는 걸 알아차릴 수가 없었다.

그렇게 간단하게 여인들의 포위망을 뚫고 폐당 근처로 진입한 강호오괴는 폐당 벽에 등을 기댄 채 가부좌를 틀고 앉아 있는 만해거사를 발견했다.

"어떡하지, 죽여?"

"흐음. 죽일 것까지는 없다고 봐. 같이 늙어 가는 처지에 말이지."

"그럼 잠시 재우자고."

다섯 늙은이는 그렇게 소곤거린 다음 바람이 미끄러지듯 부드럽고 은밀하게 보법을 밟으며 앞으로 걸어 나갔다.

그들이 자신의 지척에 이르러서야 비로소 그 기척을 알아차린 만해거사가 눈을 뜨고는 이내 놀란 표정으로 그들을 쳐다보았다.

"자네들이……."

어떻게 이곳에 있는 겐가? 라고 물어보려 했지만, 만해거사에게는 그럴 시간이 주어지지 않았다. 다섯 노인은 동시에 손을 뻗어 만해거사의 혈도를 제압하였다.

아무리 만해거사라고 한들 그들 다섯을 동시에 상대할 수는 없었다. 결국 만해거사는 제대로 소리 한 번, 반응 한 번 하지 못하고는 수혈(睡穴)을 제압당한 채 그대로 잠에 빠져들었다.

"거봐. 역시 우리 다섯이 힘을 합치면 천하무적(天下無敵)이라니까."

"괜히 지금껏 주인 나리니, 형님이니 하면서 허리를 굽실거렸던 게야."

"그럼 이제 우리가 주인이 되는 건 어때? 저들이 우리를 주인 나리라고 부르고, 또 형님이라고 부르는 거지."

"호오, 그거 정말 기막힌 생각이네."

다섯 노인은 희희낙락하며 폐당으로 향했다.

폐당으로 들어선 그들은 곧장 화군악과 아가씨 곁으로 다가오더니 마치 포위망을 펼치듯 빙 둘러앉고는 두 남녀의 정사 장면을 구경하기 시작했다.

동시에 화군악의 얼굴이 일그러졌다.

느닷없이 폐당으로 침입해서 이렇게 자신과 아가씨를 둘러싸고 구경하는 이 노인들의 의도가 무엇인지 파악할 수 없었던 까닭이었다.

3장.
배신(背信)

그건 실로 기묘한 광경이있다.
남녀 한 쌍이 아직도 정사를 나누는 가운데,
화군악과 손을 맞잡은 늙은이 뒤로
네 명의 늙은이가 지네처럼 줄을 지어 앉아 있었다.
언뜻 보면 우스워 보이기까지 한 장면이었는데,
정작 폐당 안에 있는 사람들은 전혀 웃을 수가 없었다.

배신(背信)

1. 살인도 즐거워야 했다

"이야, 진짜 아름답군."
"내 생애 처음 보는 절세미녀라니까."
다른 네 명의 늙은이들이 화군악과 입을 맞추는 아가씨의 얼굴을 보며 감탄하고 있을 때, 무식쟁이 대노조만큼은 확실히 달랐다.
그는 아가씨와 화군악의 아랫도리를 관찰하며 혀를 내둘렀다.
"인정하기는 싫지만 확실히 우리의 주인 나리답기는 해. 벌써 물건 크기부터 다르잖아? 저게 사람이야, 말이야?"

대노조의 말에 다른 네 노인의 시선이 화군악의 아랫도리에 쏠렸다.

 일순 노인들의 입이 떡 벌어졌다.

 하지만 그들은 이내 표정을 바꾼 채 화군악의 그것에 대해 깎아내리기 급급했다.

 "허, 허험. 뭐, 물건이 크다고 해서 성능까지 좋을 리는 없으니까."

 "아암. 물건 커 봤자 계집들이 아프다고 비명만 내지를 뿐이지. 요(要)는 기술이라고. 좌삼삼(左三三), 우삼삼(右三三). 깊게 찌르고 얕게 찌르고, 돌리고 후리고, 이런 격언들이 괜히 나온 건 줄 아나?"

 "옳은 말일세. 지금 주인 나리는 그저 자신의 거대함에 취한 채 상하 수직 운동만 하고 있는데, 저러면 물건 큰 게 아무 소용이 없는 법이거든."

 네 노인이 앞다퉈 화군악의 물건을 폄하하는 가운데, 대노조가 다시 고개를 갸웃거리며 입을 열었다.

 "다 맞는 말 같기는 한데, 어쨌든 우리가 지금 주인 나리의 그걸 보러 온 건 아닌 것 같은데?"

 일순 네 노인 모두 퍼뜩 정신을 차렸다. 화군악의 그 물건의 크기에 놀라서 하마터면 이곳에 온 목적을 잊을 뻔했던 것이었다.

 "그게 다 네놈 때문이 아니더냐?"

"애당초 자네가 그런 말을 꺼내지 않았더라면 누구도 관심을 주지 않았을 게다!"

네 노인은 대노조를 힐난하였다. 대노조는 어깨를 움츠리며 사과했다.

"미안하이. 원래 내가 무식해서 그런 걸세."

한바탕 대노조를 꾸짖은 네 노인은 곧 헛기침을 하며 정색했다. 그러고는 턱수염을 매만지며, 코나 귀를 쓰다듬으며 화군악과 아가씨를 바라보다가 각자 의문을 표하기 시작했다.

"흐음. 그나저나 아무래도 이상한 것 같지 않나? 우리가 이렇게 찧고 빻는데도 여태 주인 나리가 꼼짝하지 않는 걸 보면 말이지."

"그러니까 말일세. 평소 같으면 벌써 호통을 쳐도 몇 번은 쳤을 거야."

"아무리 계집이 아름답고 맛이 좋다고 하더라도 우리가 보는 앞에서 이렇게까지 입을 맞추고 허리를 움직이는 건 말이 안 되는 것 같은데."

"흐음. 역시 아무리 봐도 무슨 대법(大法) 중인 게 분명한 것 같은데? 가령 음양술이나 흡정술 같은 것 말일세."

무불통지 노로통이 눈빛을 반짝이며 말했다.

"음문과 양물이 교접한 상태에서 접문(接吻)을 멈추지 않는 건 확실히 음양술의 기본이기는 하거든. 아랫도리로는 상대방의 정기를 빼앗고, 입으로는 내 몸 안의 탁기를 상대에게 불어넣는 게지."

노로통의 말에 화군악은 눈살을 찌푸렸다.

'정반대다, 이 헛똑똑이 늙은이야!'

물론 기본적으로는 노로통의 말이 맞았다. 또한 지금 그가 말한 것이 음양술이나 흡정술의 기본 원리이기도 했다.

하지만 화군악은 그 기본 원리를 거꾸로 이용하여 아가씨의 독기를 받아들이고, 자신의 정기를 그녀의 몸속에 흘려보내고 있는 중이 아니던가.

그런 사실을 알 리가 없는 노로통은 진지한 목소리로 계속해서 말을 이어 나갔다.

"그리하여 대법이 끝날 때는 상대의 정기로 나는 훨훨 날아갈 것 같고, 반대로 정기를 잃은 상태에서 내 몸의 탁기까지 모두 받은 상대는 그대로 목숨을 잃게 되는, 아주 지독하고 고약한 술법이거든."

다른 네 명의 노인은 노로통의 박학함에 다시 한번 감탄하며 고개를 끄덕이면서 화군악에게 욕설을 퍼부었다.

"그러니까 지금 우리 주인 나리가 저 아름다운 계집의 정기를 빼앗아 자신의 것으로 만들려고 하는 중이라는 건가? 아주 못된 주인이로구먼그래."

"아니, 겨우 계집의 내공이 탐나서 저런 짓을 할 리는 없을 테고…… 도대체 저 세상에서 가장 아름다운 계집과 무슨 철천지원한(徹天之怨恨)이 있다고 정기를 빼앗고 목숨까지 빼앗으려는 게지?"

"달리 이유가 있겠나? 원래 악독한 주인 나리잖나? 다들 잘 알면서 왜 그래?"

시시간의 물음에 다들 고개를 끄덕였다.

화군악은 어이가 없었다. 졸지에 자신이 못된 주인이 된 것이다.

하지만 아무런 변명이나 항변을 할 수 없었다. 아직도 그는 아가씨의 몸에서 독기를 빨아들이고 있었고, 그걸 함부로 중단할 수 없는 상황이었다.

그러나 어이없어하는 것도 잠시였다.

강호오괴의 계속해서 이어지는 이야기에 화군악의 얼굴은 굳어졌고 눈빛은 가라앉았다.

"내가 무식해서 잘 모르기는 하는데, 어쨌든 대법 중이라면 지금 움직일 수 없다는 뜻이지? 그러니까 우리가 아무렇게나 죽여도 꼼짝하지 못한다는 거지?"

무식쟁이 대노조의 말에 다른 네 명이 일시에 고개를 끄덕이며 대꾸했다.

"당연하지."

"만약 무리해서 움직이려 들었다가는 그대로 주화입마에 빠질걸?"

배신(背信) 〈81〉

"맞아. 그러니까 이제 주인 나리의 목숨은 우리 손에 달렸다는 뜻이지."

"사실 어떻게 죽일까 고민하고 살짝 걱정하기는 했는데, 이건 뭐 '제발 좀 죽여 주십쇼.' 하고 목을 들이댄 모양새라니까. 그야말로 손도 안 대고 코를 풀게 생겼네. 허허허허!"

전문가 노행가의 너털웃음 속에서 화군악은 그제야 비로소 이 다섯 괴물이 느닷없이 폐당에 모습을 드러낸 이유를 확실하게 알아차릴 수가 있었다.

'날 죽이려고 했던 거였나?'

좀처럼 믿을 수 없는 일이었다.

그간 함께 지낸 시간이 얼마였던가.

그동안 또 강호오괴에게 얼마나 잘해 주었던가.

그들의 못된 장난을 수습하고 무마하는 동안 주변 사람들에게 얼마나 많은 사과를 해야만 했던가.

그럼에도 불구하고 지금 강호오괴는 화군악을 죽이려 찾아온 것이었다.

말 그대로 배신(背信)당한 것이다.

'역시 검은 머리는 받아들이는 게 아니라는 옛말이……아니, 이 늙은이들은 애당초 검은 머리도 아니었는데 말이지.'

강호오괴의 새하얀 머리와 수염을 둘러보는 화군악의

눈빛이 가늘어졌다. 살기가 슬금슬금 모여들고 있었다.

하지만 지금 화군악이 할 수 있는 건 아무것도 없었다. 이 상태에서 밀희흡정체술을 중단한다면 그 충격으로 아가씨는 그대로 피를 토하며 절명하게 될 테니까.

'그래도 아가씨보다는 내 목숨이 우선이다.'

화군악은 그렇게 정리했다.

상황을 보다가 정 여건이 되지 않는다면, 아가씨가 죽는 한이 있더라도 밀희흡정체술을 중단하고 강호오괴와 싸울 작정이었다.

강호오괴는 화군악의 눈빛과 표정이 달라진 것도 모른 채 여전히 다음 계획에 대해서 진지하게 논의하고 있었다.

어떻게 죽이는 게 최선인지, 또 어떤 식으로 죽여야 지금까지 받았던 자신들의 수모와 오욕을 말끔히 씻을 수 있을지 난상토론을 벌였다.

사실 화군악을 죽이는 건 간단했다. 움직이지 못하는 화군악의 명문혈을 누른다거나 혹은 정수리를 내리치면 되는 일이었으니까.

하지만 강호오괴는 그건 너무 간단하고 재미없는 죽임이라고 생각했다. 이왕이면 조금 더 화군악을 괴롭히면서 죽이는 방법이 필요했다.

어쨌든 살인도 즐거워야 했다.

시시하면 살인조차 할 생각이 들지 않았다. 모든 건 즐겁고 재미있어야 한다.

그게 강호오괴의 평소 지론이었다.

그렇게 다섯 늙은이가 심각하고 진지한 표정을 지은 채 어떻게 하면 가장 즐겁고 재미있게 화군악을 죽일 수 있을까 방법을 논의하고 있던 한순간이었다.

"으음."

문득 아가씨의 입에서 희미한 목소리가 흘러나왔다. 너무나도 미약하고 희미해서 정신을 집중하고 있어도 미처 듣지 못할 정도로 나직한 신음이었다.

하지만 강호오괴의 대화에 정신이 빠져 있던 화군악의 표정이 순식간에 달라졌다.

'드디어 효과가 있는 건가?'

아가씨가 신음을 흘린다는 건 곧 지금껏 쉬지 않고 탁기와 독기를 빨아들이는 한편, 화군악의 정심한 기운을 계속해서 공급한 효과가 있다는 뜻이었다.

하지만 그걸 거꾸로 해석한 자도 이 폐당 안에 있었다.

내공이 뛰어난 강호오괴들 또한 아가씨의 그 미미한 신음을 놓치지 않았다. 느닷없이 들려온 희미한 신음 소리에 그들은 대화를 중단하고 아가씨를 돌아보았다.

아가씨는 여전히 죽은 듯 축 늘어져 있었다.

"쯧쯧. 저렇게 목숨을 잃게 되는구먼."

"아깝네. 나도 한번 저 절세 미녀를 품에 안고 싶었는데 말이지."

"어디 얼굴만 아름다운가? 몸매 또한, 살결 또한 천하제일인데 말일세."

그렇게 다들 안타까워할 때였다.

"도저히 참을 수가 없구나! 당장 그 미녀에게서 손을 떼란 말이다!"

사고뭉치 도단귀가 버럭 소리쳤다.

그러고는 아가씨를 안고 있던 화군악의 손을 확 낚아채는 동시에, 다른 손으로는 화군악의 정수리를 내리쳤다. 그 일격으로 화군악의 목숨을 빼앗고자 하는 흉맹하기 그지없는 손속이었다.

바로 그 순간, 화군악의 눈빛이 예리하게 빛났다.

동시에 그는 자신의 손을 확 낚아챘던 도단귀의 손에 깍지를 꼈다. 동시에 중단전에 모아 두었던 탁기와 독기를 그대로 도단귀에게 흘려보냈다.

서로 맞닿아 있는 장심을 통해 그 음울하고 악독한 기운이 화군악의 몸에서 도단귀의 내부로 쏟아져 들어갔다.

"헉!"

막 화군악의 정수리를 내리치려던 도단귀가 움찔하며 헛바람을 집어삼켰다. 그리고 곧 자신의 몸속으로 파고

배신(背信) 〈85〉

드는 무시무시한 기운에 당황하며 소리쳤다.

"무슨 짓을 하려는 게냐!"

도단귀는 곧바로 손을 떼려고 했다. 하지만 화군악이 깍지를 낀 손은 마치 쇠사슬에 묶인 것처럼, 아교(阿膠)로 꼭 붙인 것처럼 꼼짝도 하지 않았다.

"무슨 일인가?"

다른 노인들이 놀라 물었지만 도단귀는 대꾸할 시간이 없었다. 화군악의 손에 잡혀 있던 그의 손이 새카맣게 변하는가 싶더니 이내 팔뚝으로 어깨로, 얼굴로 그 범위가 넓어지고 있는 탓이었다.

"우웩!"

견디다 못한 도단귀가 토악질을 했다.

순간 크게 벌린 그의 입속에서 검은 연기 같은 것이 토해져 나왔다.

일순 폐당 안 모든 사람의 얼굴이 찌푸려졌다. 그 썩고 어둡고 탁한 연기에서는 더럽고 고약한 오물의 악취가 물씬 풍겼던 까닭이었다.

도단귀의 얼굴은 더더욱 새까맣게 변하고 있었다. 한 차례 독기를 토해 낸 것만으로는 그 악독한 독기를 제거할 수가 없었던 것이었다.

도단귀는 곧바로 제자리에 주저앉고 가부좌를 틀었다. 동시에 내공을 운기하여, 몸속으로 흘러든 독기에 항거

하기 시작했다.

 순간 물밀듯 흘러들던 검은 탁기의 움직임이 멈추는가 싶더니 이내 거꾸로 흐르기 시작했다. 도단귀의 얼굴빛이 다시 원래의 모습을 회복했다.

 하지만 그건 한순간의 일이었다.

 화군악이 내력을 크게 일으키며 장심에 내공을 불어넣는 순간, 검은 기류(氣流)는 다시 장심을 통해 도단귀에게로 흘러들었다. 재차 그의 얼굴이 검게 물들기 시작했다.

 그건 마치 내공의 고수들이 서로 손을 맞댄 채 내공을 겨루는 모습과도 같았다.

 내공이 부족하여 상대의 내공을 거스르지 못하는 순간 절명(絕命)하게 되는, 오로지 내공만의 승부를 치르는 것과 다를 바가 없었다.

 영문을 모르겠다는 얼굴로 그 광경을 지켜보던 강호오괴의 다른 네 노인은 도단귀의 얼굴이 새까맣게 되었다가 다시 하얗게 돌아오는 과정이 반복하는 모습을 보고 비로소 그들이 내공을 겨루고 있다는 걸 알아차렸다.

2. 내력 대결

"드디어 복수하는 겐가!"

시시간이 기뻐하며 소리쳤다. 다른 노인들도 크게 환호하고 소리치며 손뼉을 쳤다.

하지만 무식쟁이 대노조가 고개를 저으며 낮은 목소리로 중얼거렸다.

"내가 무식해서 잘 모르지만 외려 당하는 것 같은데?"

일순 노인들은 당황하여 두 사람의 안색을 살폈다. 확실히 화군악은 평온한 가운데 도단귀의 검은빛 얼굴은 흉측하게 일그러져 있었다.

"일대일 승부라는 말은 없었으니까!"

전문가 노행가가 소리치며 도단귀의 뒤로 돌아가서 가부좌를 펼치고 앉았다.

그러고는 눈에 보이지도 않을 정도로 빠르게 도단귀의 명문혈에 손을 대는 동시에, 내공을 운기하여 자신의 내력을 도단귀에게 흘려보내기 시작했다.

화군악과의 내공 싸움에서 밀리고 있는 도단귀가 이길 수 있도록 자신의 내공을 불어넣는 것이었다.

일순 도단귀의 안색이 원래대로 돌아왔다. 반대로 화군악의 얼굴이 절로 찌푸려졌다.

그걸 본 시시간이 기쁜 얼굴로 소리쳤다.

"이 대 일의 승부라는 말도 없었으니까!"

동시에 시시간은 노행가의 등 뒤로 다가가 앉더니, 이번에는 노행가의 명문혈에 손을 대고 내공을 불어넣기 시작했다.

"오호! 나는 무식해서 전혀 생각하지 못했는데 그렇게 죽이는 방법도 있었구나!"

무식쟁이 대노조가 고개를 끄덕이며 시시간의 등 뒤로 다가가 앉았다.

"원래 강호오괴는 다섯이자 하나이거든. 즉, 이건 오대 일의 싸움이 아니라 전형적인 일대일의 싸움인 게지."

무불통지 노로통이 마지막으로 대노조의 등 뒤에 앉고서는 그의 명문혈에 손을 대며 내공을 운기하였다.

그건 실로 기묘한 광경이었다.

남녀 한 쌍이 아직도 정사를 나누는 가운데, 화군악과 손을 맞잡은 늙은이 뒤로 네 명의 늙은이가 지네처럼 줄을 지어 앉아 있었다.

언뜻 보면 우스워 보이기까지 한 장면이었는데, 정작 폐당 안에 있는 사람들은 전혀 웃을 수가 없었다.

아니, 그들의 얼굴에는 지금껏 살아오면서 겪었던 그 어떤 상황보다 더 진지하고 심각하며 장엄하기까지 한 표정이 담겨 있었다.

노로통의 내력은 대노조에게로 흘러들었고, 두 사람의 내력은 다시 시시간에게 쏟아졌다.

시시간까지 해서 세 명의 내력은 노행가의 몸속으로, 다시 네 명의 내력은 도단귀에게 흘러들어 그들 다섯 명의 내력이 하나가 되어 화군악과 맞서 싸웠다.
 언뜻 보아서는 전혀 상대가 되지 않을 싸움이었다.
 당연했다.
 다섯 명의, 그것도 전대 기인 다섯 명의 내공이 하나로 뭉쳤다면 최소한 오 갑자의 내력이 되는 셈이었다.
 오 갑자라면 아무리 화군악이라 한들, 설령 강만리가 이 자리에 있다 한들 절대 감당할 수 없는 내공이었다.
 하지만 내공은 산수가 아니었다. 일 더하기 일은 이가 되는 게 아니었다.
 화군악과 직접 장심을 맞대고 내공을 겨루는 건 도단귀였고, 다른 네 늙은이는 그저 도단귀의 내력이 밀리지 않도록 힘을 보태 주는 것에 지나지 않았다.
 무엇보다, 도단귀의 그릇 자체가 오 갑자라는 어마어마하고 절대적인 내공을 받아들일 정도로 거대하거나 튼튼하지 못했다.
 등 뒤의 명문혈을 통해서 네 명의 내공이 장강의 물결처럼 도도하게 흘러들수록 도단귀의 얼굴은 새빨갛게 변했고, 온몸은 풍선처럼 크게 부풀어 올랐다.
 도단귀는 그야말로 사색이 되었다. 그의 단전은 한없이 부풀다가 펑! 하고 터져 버릴 것 같았다.
 "그만 좀 하라고!"
 소리치고 싶었으나 입을 열 수가 없었다.

입을 열면 애써 갈무리하고 있던 동료들의 내공이 입 밖으로 빠져나가, 순식간에 그의 신체가 쪼그라들 게 분명했다.

과연 그 급격한 신체 변화를 감당해 낼 수 있을까.

도단귀는 자신이 없었다.

어쩌면 주화입마에 걸리거나, 어쩌면 자신의 내공까지 모두 잃을지도 몰랐다.

한편 화군악도 크게 난감하고 당황한 표정이었다. 이렇게 다섯 늙은이가 힘을 합쳐서 내공을 겨루게 될지 전혀 상상하지도 못했다.

그리고 그 다섯 늙은이의 내력에 밀려서 아가씨의 독기가 다시 화군악의 몸속으로 흘러들고 있었다.

'젠장, 이 빌어먹을 늙은이들!'

화군악은 내심 욕설을 퍼붓다가 한순간 뭔가 떠오른 듯 눈빛이 달라졌다.

이내 그의 얼굴이 진중해졌다.

'과연 그렇게 될까?'

다급한 와중에 한 가닥 구명줄처럼 떠오른 생각. 그 결과를 제대로 확인하기에는 시간도, 경험도 부족했다.

화군악은 입술을 깨물었다.

이판사판이었다. 어차피 이대로라면 강호오괴의 내공에 밀려 목숨을 잃을 게 뻔했으니까.

'어차피 이리 죽나, 저리 죽나……'

화군악은 이내 결심을 굳혔다. 그러고는 곧바로 밀희흡정체술의 구결을 외우며 도단귀의 장심을 통해 양기를 흡입하기 시작했다.

일순 새파랗게 질려 있던 도단귀의 안색이 환해졌다.

자신의 단전과 신체를 금방이라도 폭발하게 할 것 같았던 내공이 급격하게 화군악의 장심을 통해 흘러 나가기 시작한 것이었다.

'이게 웬 쾌재더냐?'

도단귀는 자신의 내공에 한껏 반항하던 화군악이 결국 견디다 못해 포기했다고 생각한 듯, 더더욱 빠른 속도로 그의 장심을 통해 자신과 동료들의 내력을 불어넣었다.

화군악은 솜이 물을 빨아들이듯 쉬지 않고 도단귀의 내력을 빨아들였다.

도단귀가 내심 코웃음을 쳤다.

'흥! 그래, 얼마든지 빨아들여 봐라. 결국에는 네놈의 그 조그마한 단전이 견디다 못하고 폭발하게 될 테니까.'

도단귀는 그렇게 생각하며 계속해서 내력을 흘려보냈다.

하지만 도단귀는 착각하고 있었다.

화군악에게 흘러든 내력은 그의 단전에 쌓이지 않았다. 그 내력은 화군악의 아랫도리를 통해서 아가씨의 몸 속으로 흘러드는 중이었다.

놀랍게도 아가씨의 단전은 그 그릇이 생각보다 훨씬 크고 단단해서, 도단귀와 늙은이들의 내력을 받아들이기에 전혀 무리가 없었다.

또한 그들의 내력 덕분에 아가씨의 장기에 있던 모든 독기와 독성이 견디지 못한 채 그녀의 입 밖으로 흘러나갔다. 물론 그 독기는 화군악의 입을 통해서 고스란히 그의 중단전에 쌓이고 있었다.

'어라?'

도단귀가 뭔가 잘못되어 간다는 걸 느낀 건 제법 시간이 흐른 뒤의 일이었다.

상당히 많은 내력을 쏟아부었음에도 불구하고 화군악의 안색은 여전히 평온했다.

강호오괴의 내력을 받아들인 그의 단전은 전혀 터질 기미가 없었다. 외려 자신들의 내력이 그의 몸속으로 너무나도 빠르게 흘러드는 게 무서울 지경이었다.

바로 그때, 화군악이 눈을 뜨더니 도단귀를 바라보며 한쪽 눈을 찡긋거렸다.

비로소 도단귀는 확신했다.

'저 못된 주인이 뭔가 속임수를 부리고 있구나!'

도단귀의 뇌리에 그런 생각이 떠오르자마자 그는 황급히 호흡을 달리하며 운기의 방향을 바꿨다. 지금까지 화군악의 장심으로 내력을 쏟아부었던 걸 다시 회수하는

쪽으로 방향을 튼 것이었다.

순간 도단귀의 장심을 통해 막강한 내력이 흘러들었다.

바로 그때였다.

'지금이다!'

화군악은 억지로 참고 있던 고통과 불안에서 벗어나 일시에 중단전을 활짝 열었다. 그의 중단전에 켜켜이 쌓여 있던 독기들이 순식간에 도단귀의 장심을 통해 흘러들었다.

일순 도단귀의 얼굴이 새까맣게 물들었다.

'이런 젠장! 내가 속은 겐가?'

당황한 도단귀는 사색이 된 채 황급히 내력의 흐름을 바꾸려 했다.

하지만 한 번 바뀐 흐름은 두 번 다시 바뀌지 않았다.

화군악은 중단전의 독기를 도단귀에게 쏟아 내는 동시에, 아가씨의 단전에 모여 있던 그 거대한 양의 내력을 빨아들였다.

그 엄청난 양의 내력은 마치 해일(海溢)처럼 거대한 파랑(波浪)을 일으키며 도단귀에게로 쏟아져 들어갔다.

콰콰콰콰!

그야말로 봇물 터지듯 쏟아져 들어온 내력을 도단귀의 기맥이 온전하게 받아들일 리가 없었다.

평소 일 갑자 내력을 운반하던 기맥에 다섯 노인과 화군악, 그리고 아가씨의 내력까지 동시에 쏟아진 것이다.
 기맥의 곳곳이 금이 가고 파열되고 부러졌다.
 호호탕탕(浩浩蕩蕩) 밀어닥치는 내력의 위력을 감당하지 못한 도단귀의 기맥이 손목, 팔뚝 할 것 없이 두두두둑! 소리를 내며 산산조각이 났다.
 그 엄청난 고통을 감당하지 못한 것일까.
 "아악!"
 도단귀는 마침내 크게 입을 벌려 비명을 내질렀다.
 그 바람에 화군악의 내력과 맞서 싸워야 할 도단귀의 내력이 입 밖으로 흘러나가 형체도 없이 사라졌다.
 그리고 화군악의 내력은 거침없이 도단귀의 몸속을 헤집고 돌아다니다가 마침내 단전까지 박살 냈다.
 "커억!"
 도단귀가 피를 뿜으며 고꾸라졌다.
 그 충격은 도단귀의 명문혈에 손을 대고 있던 늙은이에게까지 이어졌고, 계속해서 그 뒤의 늙은이, 그 뒤의 늙은이에게까지 여파가 미쳤다.
 '이, 이게 무슨 일이더냐?'
 놀란 늙은이들이 황급히 장심을 떼려 했다.
 하지만 이미 때는 늦었다.
 콰콰콰콰!

도단귀를 쓰러뜨린 화군악의 내력은 단숨에 다른 네 명의 늙은이들 몸속으로 흘러들었다.

네 명의 늙은이는 빠르게 내공을 끌어올려 대항하려 했지만 아무런 소용이 없었다. 지금껏 흘려보냈던 그들의 거대한 내공과 맞설 만한 내력이 그들에게는 없었던 까닭이었다.

화군악이 흘려보낸 내력이 거침없이 늙은이들의 기맥을 타고 흐르는 동시에 투투투툭! 기맥이 산산이 바스러지는 소리가 늙은이들의 머릿속에서 울려 퍼졌다.

"커억!"

그들은 도단귀가 그러했듯이 연달아 입에서 피를 뿜으며 고꾸라졌다. 기맥은 물론 심맥까지 끊긴 것이었다.

그렇게 다섯 늙은이 모두 고꾸라진 걸 확인한 화군악은 다시 밀희흡정체술의 구결을 암송하며 흐름을 아가씨 쪽으로 바꾸었다.

화군악의 얼굴이 진실로 평온해지는 순간이었다.

이제 그녀에게서는 더 이상 독기가 흘러나오지 않고 있었다. 또한 화군악의 중단전에는 독기 한 점 쌓여 있지 않았다.

그 모든 독기는 도단귀의 장심을 통해서 고스란히 다섯 늙은이의 몸속으로 흘러 들어갔던 것이었다.

대신 다섯 늙은이가 전력을 다해 쏟아부었던 내력 중

절반 이상은 아가씨와 화군악의 기맥을 따라 천천히 주천(周天)하는 중이었다.

* * *

화군악은 한동안 감고 있었던 눈을 천천히 떴다.
그러고는 여전히 아가씨의 입술과 맞대고 있던 자신의 입술을 뗐다.
제법 오랫동안 쉬지 않고 물고 빨아서였을까. 아가씨의 귀엽고 도톰한 입술이 퉁퉁 불어 있었다.
화군악은 가만히 그녀의 얼굴을 감상했다.
비록 입술은 퉁퉁 불었지만 여전히 아가씨는 아름다웠다. 아니, 얼굴에 화색이 돌고 홍조까지 맴도는 것이 조금 전보다 몇 배는 더 아름다워 보였다.
화군악은 슬그머니 아랫도리를 내려다보았다. 아직도 아가씨의 음문과 결합한 채 그대로 있는 화군악의 양물은 흠뻑 젖어 있었다.
신경이 그곳으로 쏠리자 죽어 있던 양물이 꿈틀거리며 다시 빳빳하게 일어섰다.
그 감촉을 느낀 것일까.
"으음."
아가씨의 입에서 희미한 신음이 흘러나왔다.

화군악은 재빨리 아랫도리를 뺐고, 순간 모든 걸 잃은 듯한 허전한 기분이 양물을 타고 그의 뇌리를 자극했다.
하지만 화군악은 망설이지 않았다. 지금 이 상태에서 아가씨가 깨어나기라도 한다면, 그때는 천하의 색마, 악당이 될 상황이었다.
화군악은 황급히 자신의 바지를 추스른 다음 아가씨의 옷을 입히고 주변을 정리했다. 다행스럽게도 아가씨는 여전히 깊이 잠든 듯 누워 있었다.
'그럼 대충 정리한 건가?'
화군악은 안도의 한숨을 내쉬며 주위를 둘러보았다.
남은 건, 피를 토한 채 고꾸라진 다섯 늙은이의 시신뿐이었다.

3. 누구나 배신한다

강호오괴는 죽지 않을 수 있었다.
아니, 기본적으로 그들은 죽지 않아야 했다.
그들은 밀희흡정체술을 펼치던 화군악의 천령개를 부수거나 명문혈을 찔러서 간단하게 죽인 다음, 얼마든지 아가씨를 희롱할 수 있었다.
그러고는 아직도 폐당 주변을 경계하고 있는 여섯 명의

계집을 차례로 농락하는 게 당연한 순서였다.

그렇게 끝나야 했고, 또 그렇게 끝낼 수 있었다. 상황은 강호오괴에게 절대적으로 유리했으니까.

심지어 도단귀가 화군악과 느닷없는 내력 대결을 벌이게 된 후에도 그들은 얼마든지 쉽게 화군악을 죽일 수가 있었다. 도단귀와 내공을 겨루는 화군악의 정수리나 명문혈은 텅 비어 있었으니까.

훨씬 더 쉽고 간단하게 해치울 수가 있었던 것이었다.

하지만 그들은 그 쉽고 간단한 기회를 번번이 놓쳤다. 일부러 간과했다.

그렇게 간단한 죽임은 재미가 없었으니까.

조금은 귀찮고 힘들고 어려워도, 훨씬 더 즐겁고 재미있게 화군악을 죽일 수 있다고 그들은 착각했던 것이었다. 도단귀의 등 뒤로 지네처럼 늘어앉은 이유도 바로 그 착각에서 비롯된 것이었다.

다섯 명 대 한 명의 싸움이라면, 당연히 자신들의 승리로 귀결될 것이라고 강호오괴는 오판했던 것이었다.

하지만 화군악은 혼자가 아니었다.

그에게는 아가씨가 있었으며, 또한 아가씨에게서 빨아들인 독기가 있었다. 그 정도라면 이미 승리에 취해 냉정을 잃은 다섯 늙은이쯤 얼마든지 해치울 수 있었다.

그리고 그게 화군악이었다.

* * *

"음?"

만해거사는 퍼뜩 정신을 차리며 고개를 들었다. 화군악이 그곳에 우뚝 서 있었다.

만해거사는 깜짝 놀라며 물었다.

"대법은?"

화군악은 한숨을 쉬며 고개를 설레설레 흔들었다. 수혈에 짚인 채 아무것도 모르고 쿨쿨 잠들어 있던 만해거사가 부럽기도, 짜증이 나기도 했다.

그때였다.

"화 숙부!"

담호와 소자양이 화군악을 부르며 폐당으로 달려왔다. 화군악과 만해거사의 눈이 그들에게 향했다. 한달음에 달려온 담호가 다급한 표정을 지은 채 입을 열었다.

"오괴 할아버지들이 사라지셨어요! 아무래도 이곳으로 온 것 같아요!"

"뭐라고?"

만해거사가 또 한 번 놀랐다.

"그 말썽꾸러기들이 이곳으로 왔다고?"

만해거사는 곧 주위를 둘러보면서 별다른 기척이 없는

걸 확인하고는 서둘러 말을 이었다.

"아무래도 주변 경계를 나선 여인들을 희롱하고 있는 모양이다. 젠장, 그 말썽꾸러기들! 내 그럴 줄 알았다. 너희들은 어서 그 늙은이들을 찾아서 아무런 짓도 하지 못하도록 말리거라."

"네, 할아버지."

담호가 대답하며 다시 몸을 날리려는 순간이었다.

"그러지 않아도 된다, 담호야."

화군악이 말했다. 막 경공술을 펼치려던 담호가 움찔 놀라며 신형을 멈췄다. 그때 뒤늦게 달려온 소자양이 숨을 헐떡이며 소리쳤다.

"오괴 할아버지들이……."

화군악은 쓴웃음을 흘리며 그의 말을 중간에서 잘랐다.

"알고 있다."

"네? 아, 담호가 벌써 말했나 보네요."

소자양이 머쓱한 표정을 지었다.

화군악은 다시 한숨을 내쉬며 천천히 말했다.

"오괴는 찾지 않아도 된다."

일순 담호와 소자양은 물론 만해거사까지 눈을 휘둥그레 떴다.

"그게 무슨 말씀이세요?"

"그게 무슨 말인가?"

사람들이 동시에 묻는 가운데, 화군악은 씁쓸한 표정을 지으며 대답했다.

"그들은 모두 죽었거든."

"네? 할아버지들이 죽었다고요?"

놀라서 되묻는 담호의 눈이 더 커졌다.

화군악은 잠시 밤하늘을 우러렀다.

아직도 별빛이 짙고 환한 걸 보니 아침이 오려면 꽤 먼 시각인 듯했다.

잠시 마음을 가다듬던 화군악은 천천히 입을 열었다. 그간 폐당에서 무슨 일이 벌어졌는지, 화군악의 이야기에 세 사람은 눈을 휘둥그레 뜬 채 귀를 기울였다.

"허어, 그런 일이……."

화군악의 설명을 들은 만해거사는 혀를 차며 중얼거렸다. 그러고는 이내 미안한 표정을 지으며 화군악에게 말했다.

"모두 내 탓이네. 잠시 한눈을 파는 바람에 그 늙은이들이 함부로 쳐들어가는 걸 막지 못했네."

"아닙니다. 강호오괴가 만해 사부를 죽이려 들지 않은 것만으로도 천만다행입니다."

화군악의 말에 만해거사가 고개를 끄덕였다.

"그렇기는 하지. 사실 그들 다섯 명이 진심으로 싸우려 들었다면 나 같은 건 거의 일초지적(一招之敵)도 되지 못했을 테니까."

"그건 저도 마찬가지입니다."

화군악이 담담한 목소리로 말했다.

"만약 그들과 정면으로 부딪쳐 싸웠더라면 저 역시 승리를 장담할 수 없으니까요. 어쨌든 천하의 강호오괴가 아니겠습니까?"

화군악의 말에 만해거사는 천천히 고개를 끄덕였다.

"도대체 할아버지들…… 아니, 그들이 왜 그랬을까요?"

담호는 도저히 이해가 가지 않는다는 얼굴로 중얼거렸다.

"그동안 화 숙부를 얼마나 깍듯이 모시고 공경했었는 데요. 그런데 왜 갑자기……."

"그러는 동안 참을 수 없을 정도로 쌓였던 게지. 평소 그들이 지닌 흉포함과 잔악한 본성이 말이야."

만해거사가 천천히 말했다.

사실 이 자리에서 강호오괴의 무서움을 제대로 아는 사람은 오직 만해거사뿐이라고 해도 과언이 아니었다. 만해거사야말로 과거 정사대전 당시 그들의 손속이 얼마나 잔인하고 흉악한지 직접 보고 겪은 사람이었으니까.

"그들의 평소 행태를 생각한다면 여태 별다른 사고 없

이 사소한 말썽만 피웠던 게 외려 더 놀라운 일이겠지."

만해거사는 그렇게 말하다가 말고 끄응, 하며 자리에서 일어났다.

"어쨌든 다행스럽게도 아가씨와의 대법은 제대로 끝났다고 하니까 가서 살펴봐야겠구먼."

만해거사는 담호와 소자양을 둘러보며 말을 이었다.

"너희들은 화 숙부를 도와서 다섯 늙은이의 시신을 정리하고 또 백고들을 불러오려무나."

"알겠습니다, 할아버지."

담호와 소자양이 허리를 숙이며 말했다.

강호오괴의 시신은 폐당 뒤쪽에 아무렇게나 나뒹굴고 있었다. 화군악이 미리 그곳에 치워 둔 것이었다.

"그래도 들개 따위의 먹이는 되지 않도록 잘 묻어 줘야겠지? 그간의 정을 생각해서라도 말이다."

화군악은 그렇게 말하며 맨손으로 땅을 파기 시작했다. 소자양과 담호도 묵묵히 땅을 팠다. 축축한 습기에 젖은 땅이라서인지 아니면 세 사람 모두 공력이 충만한 상태여서인지 땅은 금세 팔 수 있었다.

화군악은 깊게 판 땅속으로 다섯 늙은이를 한 명씩 집어 던졌다.

그 광경을 물끄러미 바라보던 소자양의 눈가에 물기가 맺혔다. 매번 말썽만 피웠던, 지난 몇 달간의 강호오괴가 그의 뇌리 가득 떠올랐던 까닭이었다.

담호는 묵묵히 지켜보고 있었다.

강호오괴와의 추억이라면 소자양보다 몇 배는 더 많이 쌓인 담호였지만 그는 울거나 감상에 젖지는 않았다. 외려 한없이 진지한 눈빛으로 한 명씩 구덩이에 던져지는 강호오괴의 모습을 바라보았다.

'언제든지 배신당할 수 있는 거다.'

담호는 그렇게 생각했다.

'누구에게 배신당할지도 모르는 거다.'

아무리 정을 주고 신뢰한다고 하더라도 결국 타인(他人)인 이상, 언제고 자신의 등에 칼을 놓을 가능성이 있는 게 사람이라는 것이었다.

사실 담호는 강호오괴와 제법 친하게 지냈다. 강호오괴도 자질이 뛰어난 담호를 끔찍하게 아끼고 좋아했다. 심지어는 자신들의 제자로 삼을 생각도 했으며, 그런 이유로 자신들의 경험담이나 무공을 아낌없이 전해 주기도 했다.

그런 사이였으니 평소의 담호라면 충분히 울 법도, 감상에 젖을 법도 했다.

하지만 강호오괴의 배신은 그런 감상보다 더 큰 충격으로 다가왔고, 그래서 담호는 울지도 감상에 젖지도 않았다.

외려 사람은 믿을 게 못 되는 족속이라는 사실을 다시 한번 일깨우는 계기가 되었을 따름이었다.

이윽고 다섯 명의 늙은이가 모두 구덩이에 들어갔다. 세 사람은 아무런 말 없이 묵묵히 구덩이를 메웠다.

화군악은 다 묻은 땅을 자근자근 밟아 다진 후 잠시 고개를 숙였다. 마치 강호오괴의 명복을 비는 것 같았다.

그 모습을 본 담호와 소자양은 진심으로 감탄했다. 비록 자신을 죽이려 들었던 강호오괴였지만, 그래도 그들의 명복을 빌어 주는 화군악의 모습이 새삼 어른스럽게 느껴졌다.

하지만 정작 화군악의 내심은 담호와 소자양의 생각과는 사뭇 달랐다.

'고맙소, 노인네들.'

화군악은 속으로 그렇게 중얼거렸다.

'덕분에 유일하게 부족했던 걸 채울 수가 있게 되었소. 이제 천하의 그 누구도 내 앞을 가로막지 못할 것이오. 다 노인네들 덕분이오.'

화군악은 진심으로 기뻐하고 있었다.

강호오괴의 시신을 정리한 담호와 소자양은 곧 백고와 애화들을 찾아갔다. 대법이 성공적으로 끝났다는 그들의 말에 여인들의 표정은 묘하게 변했다.

과연 아가씨의 정절(貞節)을 잃게 된 것과 대법이 성공한 것의 무게는 어느 쪽이 더 무거울 것인가.

여인들은 심란한 마음을 감추지 못한 채 폐당으로 향했다.

폐당에는 아가씨가 잠든 듯 누워 있었고 만해거사가 그녀의 손목을 잡은 채 진맥 중이었다.

아가씨를 본 백고와 애화의 눈빛이 달라졌다.

죽은 사람처럼 새파랗게 질려 있던 아가씨의 안색이 어느덧 원래대로 돌아온 데다가 심지어 가벼운 홍조까지 띠고 있었던 것이었다.

"목숨을 구한 것이오?"

"왜 아직 깨어나지 않는 거죠?"

두 여인은 만해거사를 향해 앞다퉈 물었다. 그러나 만해거사는 잠시 아무 대꾸도 하지 않은 채 진맥하다가 천천히 아가씨의 손을 내려놓았다.

"흐음."

만해거사는 수염을 쓰다듬으며 입을 열었다. 백고와 애화 모두 긴장하고 초조한 모습으로 만해거사의 입을 바라보았다.

"아주 상태가 좋구려."

"아아!"

"아아, 고맙습니다! 천지신명(天地神明)이시어!"

두 여인은 긴장이 풀린 듯 그 자리에 털썩 주저앉으며 소리쳤다.

만해거사가 혀를 쯧쯧 차며 말했다.

"천지신명께 고마워할 게 아니라 고생한 우리 화 장주에게 고마워해야 할 것이오."

여인들은 퍼뜩 정신을 차리고 주위를 둘러보았다.

"아, 화 대협은 어디 계시죠?"

"밖에서 운기조식 중이라오."

만해거사는 짧게 대꾸한 다음 아가씨의 상태에 대해서 두 여인에게 설명하기 시작했다.

"장기를 훼손하고 있던 모든 독성과 독기, 탁기들이 사라졌소. 더불어 내공도 상당히 증진되었구려. 물론 내가 복용시킨 환단의 영향도 있겠지만, 무엇보다 화 공자의 대법 덕분에 내공이 증진한 것이오."

일순 여인들은 얼굴을 붉히며 고개를 숙였다.

그녀들 또한 음양술이 어떤 건지, 흡정술의 효능이 무엇인지 익히 잘 알고 있었다.

그리고 음양술을 떠올리다 보니 불현듯 아가씨와 화군악이 모두 홀딱 벗은 채 서로 껴안고 있는 모습이 머릿속에 그려졌던 것이었다.

"허험."

여인들의 행색을 보고 그녀들이 무슨 생각을 하는지 눈

치챈 만해거사는 일부러 크게 헛기침을 하며 그녀들의 주의를 환기시켰다.

"아가씨께서 아직 깨어나지 못하고 있는 건 체력이 부족하기 때문이오. 하루 이틀 정도 푹 쉬면 곧 정신을 차릴게요. 그러니 이제는 걱정하지 않으셔도 되오."

만해거사의 말에 두 여인은 벌떡 자리에서 일어나더니 큰절을 하기 시작했다.

"감사합니다. 이 은혜를 어찌 갚아야 할지 모르겠습니다."

"앞으로 만해거사를 평생 은인으로 모시겠소."

여인들의 진심 어린 말에 만해거사는 너털웃음을 흘리며 손사래를 쳤다.

"허허. 아까도 말했지만 모든 공은 화 장주에게 있다오. 나는 그저 거들기만 했을 뿐이오. 치사를 하려거든 내가 아니라 화 장주에게 하시구려."

하지만 여인들은 끝끝내 만해거사에게 절을 올렸다. 그러고 나서야 그녀들은 서로 눈짓을 교환한 후 애화가 자리에서 일어나 폐당을 빠져나갔다.

물론 어딘가에서 운기조식을 하고 있다는 화군악을 만나 감사의 인사를 전하기 위해서였다.

4장.
행운(幸運)과 기연(奇緣)은 어디에서 오는가

오입(誤入)질이야 결국에는 거기에서 거기라는 사실을,
화군악은 이미 이십 대 초중반에 깨달았다.
아무리 얼굴이 아름다워도, 몸매가 뛰어나도,
소문난 명기(名器)를 가지고 있다고 하더라도
결국 사정 한 번으로 모든 게 허탈해지는 건 매한가지였으니까.

행운(幸運)과 기연(奇緣)은 어디에서 오는가

1. 기연(奇緣)

화군악이 지금껏 익힌 무공의 수는 대략 스무 가지가 넘었다. 소소한 권법에서부터 막강한 내공이 필요한 심공까지, 화군악은 자신이 익힌 모든 무공을 완벽하게 깨우치고 또 펼칠 수가 있었다. 오직 하나, 태극혜검을 제외한다면.

태극혜검은 심검(心劍)이었다.

수백 년 전, 저 전설의 장삼봉이 무당산 무애암에 새겨 놓은 수백 개의 검흔(劍痕). 그 수백 개의 검흔은 다시 십여 개의 검법과 심공으로 나뉘는데, 가령 태극무해나 태극회선류, 태극어의가 바로 그러한 무공들이었다.

하지만 진정한 태극혜검은 그게 아니었다. 그 수백 개 검흔을 단 한 호흡에 펼쳐 내는 것, 바로 그것이 진정한 태극혜검이었던 것이었다.

화군악은 이미 태극혜검의 정수를 이해하고, 묘리를 깨우친 상태였다.

그러나 단 한 가지 부족한 점이 있어서 지금껏 완벽한, 궁극의 태극혜검을 펼쳐 내지 못하는 중이기도 했다.

그것은 과거 무애암에 태극혜검의 흔적은 남겨 두었던 장삼봉의 한없이 깊고 넓은 내력, 바로 그 정도로 고강한 내공이 없었기 때문이었다.

궁극의 태극혜검은 검만으로 펼치는 무공이 아니었다. 심력과 내력이 최고의 수준에 도달해야만 비로소 펼칠 수 있는 게 바로 진정한 의미의 태극혜검이었다.

물론 화군악의 내공은 절대 평범하지 않았다. 북해빙궁의 빙정의 효능을 통해 얻은 내공과 또 황궁의 약고에서 가져온 영약들을 통해 이미 화군악은 절정의 내공을 지니고 있었다. 또 그렇기 때문에 부족하나마 태극혜검을 시전할 수가 있었던 것이었다.

그런 화군악에게 있어서 이날 폐당에서 벌어졌던 사건은 그야말로 다시없을 행운이 되었다.

놀랍게도 아가씨의 내공은 외려 화군악의 그것보다 고강해서, 죽어 가는 와중에도 그 순정(純精)한 내공은 그녀의 단전에 고스란히 담겨 있었다.

 화군악은 밀희흡정체술을 펼치는 동안 쉬지 않고 그녀의 내공까지 자신의 내공처럼 주천하면서 자신의 단전을 단단하게 만들고 기맥을 넓힐 수가 있었다. 그게 첫 번째 행운이었다.

 두 번째 행운은 강호오괴였다.

 특히 사고뭉치 도단귀가 화군악의 손을 잡아채다가 엉겁결에 내공을 겨루게 된 건, 그야말로 다시없을 행운이었다.

 도단귀의 내력은 밑 빠진 독에 물을 붓는 것처럼 화군악의 장심으로 빨려 들어갔다. 놀란 다른 사괴가 연달아 달라붙으며 내공을 쏟아부었지만 아무 소용이 없었다.

 아니, 외려 화군악은 물을 빨아들이는 솜처럼 그들의 모든 내력을 거침없이 받아들였다.

 갑자기 타인의 내공을 받아들이는 건 생각보다 훨씬 위험한 일이었다.

 특히 단전의 그릇이 작고 단단하지 않거나, 기맥이 좁아서 그 내공들이 제대로 흘러가지 못하게 되는 경우에는 기맥은 물론 심맥까지 파열하여 그 자리에서 즉사할 수 있었다. 강호오괴들이 바로 그런 경우였다.

 하지만 화군악은 아가씨와의 밀희흡정체술을 통해 이미 단전의 그릇을 키우고 단단하게 만들었으며, 기맥 또한 자신의 내공보다 훨씬 거대한 내공이 오갈 수 있도록 그 통로를 넓혀 놓은 상황이었다.

그 상태에서 화군악의 몸속으로 강호오괴의 내공이 쏟아져 들어왔던 것이었다.

화군악은 자신의 단전 가득 그들의 내공을 채워 나갔다. 하단전이 넘쳐 나자 중단전, 그리고 상단전에도 강호오괴의 내공을 쟁여 두었다.

그러고도 넘쳐 나는 내공은 아가씨의 단전에 밀어 넣었다. 아가씨 또한 화군악과 마찬가지로 밀희흡정체술을 펼치는 동안 저절로 단전의 그릇이 커지고 기맥이 넓혀진 상태였으니, 수월하게 강호오괴의 내력을 받아들일 수가 있었다.

그렇게 해서 강호오괴가 쏟아부은 내력 중 절반 이상이 화군악과 아가씨의 단전에 쌓이게 된 것이었다.

폐당의 뒤쪽.

벽에 등을 기댄 채 가부좌를 틀고 앉아서 운기조식을 하던 화군악은 한순간 감고 있던 눈을 번쩍 떴다.

일순 감당할 수 없는 신광(神光)이 그의 두 눈에서 뻗어 나오는가 싶더니, 그 빛은 이내 눈동자 깊은 안쪽으로 갈무리되어 사라졌다.

흐릿한 후광(後光)처럼 떠올라 그의 전신을 휘감고 있

던 오색(五色)의 기운 또한 그 사라진 눈빛처럼 천천히 자취를 감췄다.

몇 차례 토납(吐納)하는 것으로 운기조식을 마친 화군악은 문득 빙긋 미소를 머금었다.

"괜한 오지랖이라고 생각했는데 이런 기연을 가져다주는구나."

그랬다.

처음에는 관도 밖으로 나뒹군 마차와 여인들을 보고는 약간의 선의를 띤 호기심으로 그녀들에게 다가갔다. 거기에서 천하의 미녀를 만나게 되었고, 그녀와 밀희흡정체술을 펼치게 되었다.

거기까지는 화군악도 만족했다.

약간의 수고를 들이는 것으로 비록 사람을 구하는 대법이라고는 하지만, 어쨌든 천하제일 미녀와 입을 맞추고 정사를 나눌 수가 있었으니까.

하지만 그로 인해서 강호오괴와 싸우게 되었을 때는 확실히 화군악은 후회하고 말았다.

아무리 화군악이라 한들 생전 처음 보는 미녀와 꽤 오래 정을 나눈 강호오괴를 두고 고민한다면 당연히 강호오괴 쪽이었다.

오입(誤入)질이야 결국에는 거기에서 거기라는 사실을, 화군악은 이미 이십 대 초중반에 깨달았다.

아무리 얼굴이 아름다워도, 몸매가 뛰어나도, 소문난 명기(名器)를 가지고 있다고 하더라도 결국 사정 한 번으로 모든 게 허탈해지는 건 매한가지였으니까.

하지만 강호오괴는 달랐다. 그동안 함께 지낸 정도 있었고, 추억도 있었다. 무엇보다 그들을 아군으로 둔다면 상당한 전력이 되었다.

그깟 계집 하나 때문에 강호오괴를 잃는다? 그것처럼 바보 같고 멍청한 일이 또 어디 있겠는가.

화군악은 강호오괴가 왜 그리 분노했는지 이해할 수 있었다. 왜 자신을 죽이려고 했는지도 충분히 공감할 수 있었다.

그래서 더더욱 그들과 목숨을 걸고 싸우는 게 아쉽고 후회스러웠던 것이었다. 괜한 오지랖 때문에 말썽꾸러기들이지만 그래도 나름대로 충성스러운 하인들을 잃게 되었다고 자책했다.

하지만 그 결과는 의외의 기연으로 이어졌다.

강호오괴와의 내력 싸움에서 승리하면서 화군악은 일갑자도 채 되지 않던 내공이 몇 배나 증가하는 기연을 얻을 수가 있었다.

어쩌면 저 무림 최강의 내공을 지닌 강만리에게도 뒤지지 않을, 아니 무엇보다 태극혜검을 완벽하게 펼칠 수 있는 기반이 생긴 것이었다.

"이래서 세상일이라는 게 한 치 앞도 알 수 없다는 말이 있나 보군그래."

화군악은 그렇게 중얼거리면서 폐당 벽 모서리 쪽으로 시선을 돌렸다. 순간 마치 기다렸다는 듯이 한 명의 아름다운 여인이 모서리를 돌아 나왔다.

애화였다.

"뭐가 한 치 앞도 알 수 없다는 건가요?"

그녀가 물었다.

"모든 일이 그렇다는 것이오. 지금 이렇게 애화 소저께서 나를 찾아온 것처럼 말이오."

화군악은 빙긋 미소를 지으며 물었다.

"아가씨는 괜찮소?"

애화는 살짝 눈살을 찌푸리며 대꾸했다.

"아직 몰라요. 그쪽의 만해거사께서는 하루 이틀 정도 더 있다가 깨어나실 거라고 말씀했는데…… 가 봐야 알겠죠."

"만해 사부가 그리 말씀하셨다면 하루 이틀 후에 반드시 깨어날 거요."

"만해거사에 대한 신뢰가 상당하네요."

"당연하오. 함께 지내 온 날이 얼마인데……. 그동안 만해 사부는 우리의 기대를 저버린 적이 단 한 번도 없었소."

"그런가요? 그럼 믿고 기다려야겠군요."
"그런 이야기를 하려고 날 찾아온 것이오?"
"그것도 있기는 하지만……."
애화는 붉고 탐스러운 입술을 잘강잘강 씹으며 잠시 머뭇거리다가 갑자기 정색하며 두 손을 모으고 고개를 숙였다.
"고마워요. 덕분에 아가씨께서 살아나실 수 있게 되었어요. 그 말을 하고 싶어서 찾아왔어요."
화군악은 애화의 고운 뒷덜미를 바라보다가 정중하게 허리를 숙이며 말했다.
"그저 할 수 있는 일을 했을 뿐이오. 너무 마음에 담아두지 않아도 되오."
애화는 고개를 들었다. 화군악도 고개를 들었다. 두 사람의 시선이 허공 한가운데에서 마주쳤다.
애화는 살짝 얼굴을 붉히더니 고개를 외로 꼬며 말했다.
"그럼 이제 가 볼게요. 만해 사부 말씀으로는 폐당이 아니라 어느 한적한 마을 별채에 아가씨를 모시는 게 나을 거라고 하셨거든요."
'만해 사부?'
화군악은 갑자기 달라진 애화의 말에 고개를 갸웃거렸다. 그러는 동안 애화는 빙그르르 몸을 돌려 다시 폐당 모서리 저편으로 사라졌다.

* * *

 한 번 손을 내밀어 도와주려 했으니 끝까지 책임을 지는 게 맞다는 게 만해거사의 주장이었다. 다른 이들 역시 그 정도는 충분히 해 줄 수 있다고 생각했기에 누구 하나 투덜거리지 않고 바쁘게 움직였다.

 나뒹굴고 있던 마차를 일으켜 세운 것도, 부서진 마차 바퀴를 수리하는 것도, 근처에 도망가 있던 말들을 다시 끌고 오는 것도 모두 그들의 몫이었다.

 그동안 여인들은 폐당 주변을 경계하는 한편, 몇몇 여인들은 폐당 앞마당에 모닥불을 피워 간단한 국을 끓였다. 의외로 국은 맛있어서, 마차 수리를 끝내고 돌아온 사내들은 누구 할 것 없이 서너 그릇씩 해치웠다.

 그러는 가운데 동녘 하늘이 밝아 왔다. 여인들은 조심스럽게 아가씨를 들것에 눕혀 마차로 이동했다.

 그 광경을 지켜보던 화군악은 문득 궁금한 생각이 들어 애화를 붙잡고 물었다.

 "그나저나 아직 아가씨의 방명(芳名)이라든가, 그대들이 어느 쪽 사람이라든가 전혀 이야기 듣지 못했구려."

 애화는 조금 전과는 달리 냉정하고 차가운 목소리로 대답했다.

"비록 아가씨의 생명을 구해 준 은인이기는 하나, 거기까지는 말씀드리기 어려울 것 같군요. 만약 아가씨께서 깨어난다면, 그리하여 아가씨께서 허락해 주신다면 그때 말씀드리겠어요."

"허어, 그때까지 기다릴 수는 없는데. 우리도 가는 길이 바빠서 말이오."

"그게 무슨 소리죠?"

일순 애화가 쌍심지를 돋우며 말했다.

"아가씨께서 깨어나실 때까지 함께 있어야 하잖아요? 만에 하나, 하루 이틀이 지났는데도 아가씨께서 깨어나지 않는다면, 그때는 누구를 원망하고 탓해야 할까요? 천하의 못된 악당들에게 속았구나! 하고 발만 동동 구를 수는 없지 않겠어요?"

'어라?'

화군악의 눈이 동그랗게 변했다.

조금 전 폐당 뒤쪽에서 대화를 나눴던 애화는 어디로 가고, 이렇게 뾰족하고 앙칼진 여인이 여기 서 있는 것일까.

화군악 일행이 마차를 수리하는 동안, 도대체 그녀에게 무슨 일이 있었던 것일까.

화군악은 잠시 애화를 바라보다가 헛기침을 하며 말했다.

"조금 전에도 말했지만 만해 사부의 말에는······."

"알아요. 그대가 얼마나 만해 사부를, 아니 만해거사를 신뢰하고 있는지를요."

애화는 중간에서 화군악의 말을 자르며 제 할 말을 이어 나갔다.

"하지만 그건 어디까지나 그대의 생각인 거죠. 최소한 아가씨께서 깨어날 때까지는 우리와 함께 있어야 해요. 그쪽들도 어쨌거나 도와주셨으니 그 결과를 보고 떠나는 게 속 시원하지 않겠어요?"

'흐음.'

화군악은 잠시 머리를 굴렸다.

'하루 이틀 늦는다고 해서 악양부의 연회에 참석하지 못할 리는 없으니.'

건곤가와 금해가의 혼인이었다. 그 혼인을 축하하기 위해서, 구경하기 위해서 대륙 전역에서 수많은 사람이 모여들고 있었다. 혼인식이야 하루 만에 끝나겠지만 그 뒤풀이 연회는 최소한 보름에서 한 달 이상 열릴 터였다.

잠시 고민하던 화군악은 고개를 끄덕이며 입을 열었다.

"알겠소. 애화 소저의 말씀에도 일리가 있다고 생각하오. 만해 사부와 잠시 의견을 나누고 나서 대답해 드리겠소."

행운(幸運)과 기연(奇緣)은 어디에서 오는가 〈123〉

화군악은 정중하게 말하고는 몸을 돌려 만해거사를 찾아갔다.

애화는 묘한 눈빛으로, 그런 화군악의 뒷모습을 가만히 지켜보았다.

2. 두 번의 배신(背信)

화군악으로부터 이야기를 전해 받은 만해거사는 그녀들의 요구에 일리가 있다고 생각했다.

확실히 아가씨가 깨어나서 차도가 나아진 걸 직접 두 눈으로 확인하는 것과 그렇지 않은 건 천양지차(天壤之差)였다.

무엇보다 뒷마무리가 시원치 않을 경우 자칫 아가씨의 순결만 빼앗고 도망친 악적(惡賊)이 될 수도 있었다.

결국 화군악 일행은 여인들의 의견에 따라 아가씨가 깨어날 때까지 동행하기로 하였다. 그들은 호위무사들처럼 말을 타고 마차 주변을 경계하며 관도를 따라 서쪽으로 향했다.

그날 오후, 사람들은 정주에서 그리 멀리 떨어져 있지 않은 화홍현(花紅縣)에 당도했다.

화홍현은 정주에 들어서기 전 가장 큰 마을로, 여행객

들이나 유랑객은 다들 이곳에서 하룻밤 묵은 후 정주로 들어섰다.

그런 연유로 화홍현은 그들이 먹고 쉴 수 있는 객잔이 발달해 있었고, 또한 그 수가 상당히 많아서 두 채 건너 한 채가 객잔이라고 해도 과언이 아니었다.

그럼에도 불구하고 대부분의 객잔이 손님들로 가득 찼거나 혹은 방 한 칸, 두 칸 정도 남아 있었다. 평소 여행객이 많이 찾는 화홍현이기는 했지만, 그래도 이건 수년에 한 번 있을까 말까 한 호황이었다.

물론 그러한 특수(特需)는 악양부의 경사 때문에 발생했고, 최소한 보름에서 한 달까지는 악양 일대의 모든 객잔이 이만한 특수를 누릴 수 있었다.

찾는 사람이 많다 보니 당연히 바가지가 극성을 부렸다. 평소보다 세 배 정도 더 받는 곳은 그나마 양심이 있는 객잔이었다. 화군악 일행이 찾아간 곳 중 몇몇은 심지어 열 배 이상 가격을 부르기도 했으니까.

만해거사는 성질을 부리려는 화군악을 애써서 달래 가며 결국 화홍현의 외진 곳에 위치한 객잔에 짐을 풀었다.

워낙 후미진 곳에 위치해 있고 또 지은 지 오래라 허름하기 그지없어서 평소라면 손님들이 찾지 않는 객잔이었지만, 그들 또한 이번 특수의 덕을 톡톡히 보고 있었다. 화군악 일행이 한 걸음만 늦었더라면 이곳에서도 별채를 구하기 힘들었을 정도였다.

천만다행으로 남아 있던 두 채의 별채를 모두 빌린 후 그중 한 곳의 별채에 짐을 풀던 만해거사가 어깨를 으쓱거리며 말했다.

"거보게. 만약 그 객잔에서 싸움이라도 벌였더라면 이곳의 별채도 구하지 못했을 게 아닌가? 그나마 내가 자네를 말렸기 때문에 이런 별채라도 구할 수 있었던 것이네."

만해거사의 공치사에 화군악은 "네, 네." 하며 쓴웃음을 흘렸다.

그러고는 문득 고개를 돌려 담호와 소자양을 바라보았는데, 구석진 자리에서 행장을 푸는 그들의 얼굴은 여전히 침울하게 가라앉아 있었다.

아무래도 강호오괴가 화군악을 배신하고 공격했다는 게 그들에게는 꽤 충격이었던 것 같았다.

이래저래 미운 정, 고운 정 다 들었던 사이인 데다가, 무엇보다 그들의 화군악에 대한 충의 하나만큼은 진심이라고 믿었기 때문이었다.

화군악은 가만히 그들을 바라보다가 몸을 일으켜 객청 탁자에 앉으며 입을 열었다.

"다들 잠시 쉬고 차나 한잔 마시자."

담호와 소자양이 머뭇거리다가 탁자로 다가와 앉았다.

화군악은 그들에게 차를 따라 주며 물었다.
"배신을 당한 건 이번이 처음들이지?"
"아, 네."
"네."
담호와 소자양이 나지막한 목소리로 대답하자, 화군악은 빙긋 웃으며 말했다.
"그래. 처음 겪어 보는 배신은 꽤 충격적이지. 상당한 고통과 아픔, 그리고 후회와 번민을 가져다주거든."
"게다가 도대체 내가 뭘 잘못했을까, 왜 그들이 나를 배신하게 되었을까? 하는 생각에 몇 날 며칠을 제대로 잠도 자지 못하고 끙끙거리기도 하고 말이야."
어느새 만해거사도 슬그머니 탁자에 앉아 화군악의 말을 이어 갔다. 담호와 소자양은 묵묵히 고개를 숙인 채 두 사람의 말을 가만히 듣기만 했다.
"물론 그런 고민도, 후회도, 번민도 모두 좋아. 나쁘지 않아. 그런 반성을 통해서 나아지는 게 분명히 있으니까. 하지만 한 가지 간과하지 않았으면 하는 게 있거든. 그게 뭐라고 생각하니, 너희들은?"
화군악의 갑작스러운 질문에 담호와 소자양은 아무런 대꾸도 하지 못했다.
하지만 화군악은 좀처럼 입을 열지 않았다. 그는 아직 세상 경험이 일천한 두 젊은이가 머리를 굴려 생각해서 스스로 대답하기를 기다렸다.

잠시 후 소자양이 먼저 입을 열었다.

"두 번 다시 배신을 당하지 않아야 한다, 이런 게 아닐까요?"

"물론이다."

화군악은 미소를 지으며 입을 열었다.

"한 번의 배신은 당할 수 있어도, 두 번이나 배신을 당하면 그 배신당한 사람이 문제인 거야. 하지만 아쉽게도 내가 원하는 대답은 아니었어."

그러자 담호가 조심스레 입을 열었다.

"화 숙부의 말씀 중 '후회도 고민도 번민도 모두 좋지만'이라는 말이 있는 것으로 보아, '배신한 자가 나쁜 놈이지 결코 배신당한 자가 나쁜 게 아니다'라고 말씀하시려 한 것 같아요."

"그래. 바로 그걸 간과하지 말라는 거였다."

화군악은 고개를 끄덕이며 말했다.

"어쨌든 배신한 자가 나쁜 놈인 게다. 그걸 잊지 않은 채 후회하고 고민하고 번민해 보라는 거다. 두 번 다시 배신당하지 않도록 말이다. 조금 전 말했지? 두 번째는 배신당하는 사람에게도 문제가 있다고 말이다."

"네."

"알겠습니다."

"그런데 아쉽게도……."

화군악은 한숨을 내쉬며 말을 이었다.

"나는 어처구니없게도 두 번이나 배신을 당하고 말았지. 즉, 내게도 문제가 있다는 뜻이다. 그러니 나 스스로 고민하고 노력해서 고칠 건 고치고, 바꿀 건 바꿀 작정이다. 세 번이나 배신을 당하는 바보가 되지 않도록 말이다."

화군악의 말에 만해거사가 껄껄 웃으며 입을 열었다.

"허허허. 정말이지 오래 살고 볼 일이로군그래. 군악, 자네 입에서 그런 소리가 나오다니 말이야. 담호와 자양과 함께 다녀서 그런 것일까? 이제 자네도 철이 든 것 같군그래."

"철이 들려면 아직 멀었습니다."

화군악은 그답지 않게 겸손하게 말했다.

"그저 조금씩, 하루에 한 걸음이라도 앞으로 나아가려 할 따름입니다."

"호오."

만해거사의 눈이 휘둥그레졌다.

"도대체 어젯밤 무슨 일이 있었던 겐가? 하룻밤 사이에 전혀 다른 사람이 된 것 같으이."

화군악은 쓴웃음을 흘리며 차를 마셨다.

그때 궁금한 표정을 감추지 못한 채 두 사람의 대화가 끝나기만을 기다리던 소자양이 빠르게 입을 놀렸다.

"그런데 두 번의 배신이라고 말씀하셨잖습니까? 이번 말고 또 언제 배신을 당하신 겁니까?"

일순 만해거사와 담호의 표정이 달라졌다. 그들은 이미 화군악이 첫 번째 당한 배신에 대해서 잘 알고 있었고, 그 일로 인해 화군악이 얼마나 많은 고생을 했는지도 익히 알고 있었다.

화군악은 미미하게 웃으며 말했다.

"꽤 오래전에 가장 친한 친구에게 뒤통수를 얻어맞은 적이 있거든. 그 후로 나름대로 조심한다고는 했는데 이번에도 이렇게 뒤통수를 얻어맞았지 뭐냐?"

소자양은 그의 대답이 미진하다고 생각한 듯 재차 물으려 했다. 하지만 그보다 먼저 만해거사가 헛기침을 하며 입을 열었다.

"허험. 그럼 짐도 다 풀었으니 아가씨의 상태가 어떤지 보러 가야겠군그래. 군악, 자네도 같이 가겠나?"

"그러죠. 안 그래도 그녀들과 이야기할 것도 있으니까요."

두 사람이 자리에서 일어났다. 소자양은 닭 쫓던 개처럼 멀뚱한 눈으로 화군악을 쳐다보았다.

그 눈길을 눈치챈 것일까. 화군악이 피식 웃으며 말했다.

"더 궁금한 게 있으면 담호에게 물어보면 될 거야."

화군악은 그 말을 남기고 만해거사를 따라 객청을 나섰다.

날은 어느덧 뉘엿뉘엿 저물고 있었다.

마침 점소이 두 명이 돌아다니면서 별채 곳곳에 세워진 석등에 불을 붙이다가, 화군악과 만해거사를 보고는 고개를 숙이며 물었다.

"어떻게, 식사는 가져다 드릴까요?"

만해거사가 고개를 저었다.

"아니네. 나중에 우리가 객잔에 가서 먹을 걸세."

"네. 알겠습니다. 그럼 편히 쉬십시오."

점소이들은 다시 다른 별채로 건너가 석등에 불을 붙였다.

잠시 그 모습을 지켜보던 두 사람은 산책하듯 천천히 걸음을 옮기며 바로 옆 별채로 향했다. 아가씨까지 일곱 명의 여인들이 묵고 있는 곳이었다.

별채에 이른 만해거사가 객청 문앞에서 헛기침을 하며 그녀들을 불렀다.

"만해요. 들어가도 괜찮겠소?"

"잠시만요."

여인의 목소리와 함께 약간의 소란이 있은 후 객청 문이 열렸다. 아마도 여기저기 흐트러져 있던 짐들을 모두 정리한 모양이었다.

"아가씨는?"

만해거사는 객청으로 들어서며 여인에게 물었다. 이십대 초중반의 여인은 한결 풀어진 얼굴로 대답했다.

"잘은 모르지만 많이 좋아지신 것 같기는 해요. 안색도 좋아졌고, 호흡도 안정이 된 걸 보면 확실히 차도가 있는 것 같아요."

"당연히 그래야지. 누가 치료했는데."

만해거사는 어깨를 으쓱이며 말을 이었다.

"그럼 아가씨를 진찰하고 싶은데, 괜찮겠소?"

"아, 잠시만요. 가서 백고나 애화 언니께 여쭤볼게요."

여인은 조르르 객청을 지나 복도를 따라 별채 안쪽으로 달려갔다.

만해거사는 뒷짐을 진 채 객청을 둘러보았다.

"흠. 우리 별채와 다를 바가 전혀 없어 보이는데 이 향긋하고 달콤한 냄새는 무엇일꼬?"

화군악이 웃으며 대꾸했다.

"여인들만 있는 곳이니 확실히 우리 남정네들의 냄새와는 다를 수밖에요."

그렇게 두 사람이 실없는 대화를 하고 있을 때, 복도 저편에서 애화가 모습을 드러냈다.

"이리로 오시죠."

애화는 공손하게 말했다. 만해거사와 화군악은 그녀의 안내를 받으며 회랑(回廊)처럼 이어진 복도를 따라 별채 안쪽으로 걸어갔다.

별채에는 세 개의 방이 있었는데 하나는 애화를 비롯한 다섯 여인이 사용하고, 다른 하나는 백고가, 그리고 마지막 방에 아가씨가 누워 있었다.

만해거사는 침상에 누워 있는 아가씨의 곁으로 다가가 앉았다.

아직 창백한 느낌의 얼굴이기는 하지만 은은한 홍조가 깃든 것이 확실히 차도가 있는 듯 보였다. 또한 조금 전 여인의 말처럼 호흡 또한 고르고 안정되어 있어서 마치 깊은 숙면을 취하고 있는 듯했다.

만해거사는 그렇게 아가씨의 얼굴과 호흡을 살핀 다음 손목을 잡고 맥을 짚었다.

애화가 긴장한 눈빛으로 그 광경을 지켜보다가 문득 화군악을 돌아보았다. 화군악의 강건해 보이는 옆얼굴이 그녀의 눈동자 가득 들어왔다.

애화는 저도 모르게 움찔 놀라며 황급히 아가씨에게로 시선을 돌렸다. 누가 뭐라고 하지도 않았는데도 그녀의 귓불이 빨갛게 달아올랐다.

"흐음."

만해거사는 아가씨의 손을 내려놓으며 입을 열었다.

"아주 많이 좋아지셨소. 지금 당장 깨어난다고 해도 이상하지 않을 정도로 좋아지셨소."

"감사합니다. 모두 만해거사 덕분입니다."

애화가 고개를 숙이며 감사를 표했다. 만해거사가 껄껄껄 웃으며 말했다.

"허허허. 그게 어찌 나만의 공이겠소? 어쨌든 목숨을 걸고 대법을 치른 건 이 군악이니 말이오."

애화는 머뭇거리다가 다시 화군악을 향해 고개를 숙이며 말했다.

"화 대협께도 감사드립니다."

"별말씀을."

화군악은 담담하게 말했다.

그때 만해거사가 품에서 환단이 가득 담긴 약병을 꺼냈다. 그러고는 한 알의 환단을 애화에게 건네며 말했다.

"이건 아가씨에게 복용시켰던 약이라오. 만약 우리가 없는 동안 아가씨가 깨어난다면 그때 이 약을 갈아서 물과 함께 마시게 하구려."

애화는 공손하게 환단을 받아 들며 물었다.

"이 약이 어떤 약인가요?"

"자세한 건 말하기 힘드나, 어쨌든 세상에서 그 효능이 가장 뛰어난 약이라는 것만큼은 장담할 수 있다오."

만해거사가 싱긋 웃으며 말했다.

"최소한 귀하들이 찾아다니던 소림사의 대환단(大還丹)보다는 나을 것이오."

일순 애화의 눈이 더할 나위 없이 커졌다.

3. 사숙(師叔)의 관록(貫祿)

아가씨의 상태를 확인한 만해거사와 화군악은 다시 별채로 돌아와 담호와 소자양을 데리고 객잔으로 향했다.
제법 늦은 시각이었지만 객잔은 아직도 만석이었다. 결국 화군악 일행은 점소이가 겨우 알아본 자리로 합석하게 되었다.
"고맙습니다."
"별말씀을. 집을 나서면 사해(四海)가 친구 아니겠소?"
간단한 인사를 주고받으면서 화군악 일행은 자리에 앉았다. 먼저 자리를 점하고 있던 자들은 세 명의 호한(好漢)들로, 풍기는 기세나 들고 있는 병장기로 보건대 제법 실력 뛰어나고 이름 있는 무림인들인 게 분명했다.
사십 대 초중반의 호한 중 한 명이 먼저 만해거사를 향해 입을 열었다.
"이렇게 합석하게 된 것도 인연이니 서로 인사나 나누죠. 우리는 산동팔빈(山東八賓)이라고 합니다."
만해거사는 예의상 아는 체를 하며 말했다.
"아, 산동팔빈이셨구려. 나는 동료들에게 만해거사로

불린다오. 그리고 이쪽은 내 친척뻘 되는 친구들이오."

만해거사의 말에 화군악은 두 손을 모으며 인사했다.

"화군악이라고 합니다. 강호 무명인(無名人)이 여러 영웅들을 뵙게 되어 영광입니다."

담호와 소자양은 그 모습을 훔쳐보며 따라 인사했다.

인사를 받은 산동팔빈 세 사람도 각각 자신들을 소개했다. 먼저 입을 연 중년인은 삼빈(三賓) 고무송(高武松)이라 하였으며 그 옆의 동료들은 각각 오빈(五賓) 황대보(黃大步), 칠빈(七賓) 오중은(吳仲誾)이라고 했다.

담호는 그들의 소개를 들으면서 내심 고개를 갸웃거렸다.

'내가 경험이 적기는 하지만 그래도 별호를 빈(賓)으로 사용하는 경우는 처음인 것 같은데.'

빈(賓)은 곧 귀한 손님을 뜻했다. 무시무시한 병장기를 휘두르며 사람 죽이기를 밥 먹듯 하는 무림인들의 별호치고는 상당히 낯선 단어임이 분명했다.

'다시 생각해 본다면 그만큼 주변 사람들에게 환영을 받는다는 뜻이겠지? 사람 사귀기를 좋아하고 호탕하며 의협심 넘치는 무리…… 대충 그 정도는 되어야 빈이라는 호칭으로 불릴 수 있을 거야.'

담호가 그런 생각을 하는 동안 만해거사는 삼빈 고무송과 이런저런 대화를 나누고 있었다.

"팔빈이라고 하면 여덟 형제인 것 같은데…… 다른 다

섯 분은 귀하들과 동행하지 않은 모양이오?"

"아, 모종의 일이 있어서 그걸 처리하느라 따로 움직이고 있습니다. 하지만 우리가 악양부에 당도할 즈음에는 그들도 그곳에 도착해 있을 겁니다."

"호오. 그럼 귀하들도 건곤가와 금해가의 혼인식에 참가하시는 모양이구려?"

만해거사의 말에 고무송은 살짝 불쾌한 표정을 지으며 대답했다.

"실은 참석하지 않으려 했으나 우리를 꼭 집어서 초청장이 날아든 바람에…… 초대를 받고 가지 않는 건 아무래도 예의가 아니다 싶어서 참석하러 가는 길입니다."

고무송은 길게 한숨을 내쉬고는 고개를 설레설레 저으며 말을 이어 나갔다.

"사실 일흔 넘은 노인네가 스무 살 꽃다운 아가씨와 혼인한다는 게 말이나 됩니까? 아, 어르신 앞에서 죄송한 말씀이기는 합니다."

만해거사가 웃으며 손사래를 쳤다.

"아니, 아니오. 나도 건곤가주가 나잇값을 못하는 행동이라고 생각하고 있다오."

"아, 그러셨습니까?"

고무송은 뜻이 맞은 동료를 만났다는 듯 활짝 웃으며 말했다.

"어쨌든 그래서 내키지 않는 발걸음으로 최대한 늦게 참석하려 늦장을 부리는 중입니다. 하하하. 아마 건곤가나 금해가 측에서 알게 된다면 모르기는 몰라도 꽤 섭섭하게 생각할 일이겠지요."

주문한 요리가 나올 때까지 두 사람의 대화는 제법 길게 이어졌다.

악양부의 혼인식으로 시작된 이야기는 곧 무림 현황이나 전반적인 사안까지 두루 이어졌는데, 의외로 고무송의 식견이 예리하고 해박한 지식을 지니고 있어서 만해거사는 몇 번이나 감탄을 금하지 못했다.

한편 화군악은 그들의 대화에 전혀 신경 쓰지 않는 듯 지그시 눈을 감고 있었다.

어쩌면 괜히 자신이 나섰다가 무림오적이라는 사실이 들통날 수 있다고 생각한 것인지도 몰랐다. 또 어쩌면 눈만 감고 있을 뿐, 두 사람의 대화에 귀를 쫑긋거리고 있을지도 몰랐다.

담호는 그들의 대화를 들으면서 몇 가지 사실을 확인할 수가 있었다.

하나는 이 관동팔빈이라는 이들이 건곤가 혹은 금해가의 초대장을 받을 정도로 유명하다는 사실과 생각보다 많은 이들이 이번 혼인은 탐탁지 않게 여기고 있다는 부분이었다.

또한 이번 달로 정해졌던 무림맹의 여진 정벌이 악양부의 혼인식 이후로 미뤄졌다는 사실도 고무송의 이야기를 통해 알게 되었다.

 가만히 두 사람의 대화를 듣던 담호는 문득 저도 모르게 아쉬운 표정을 지었다.

 무림 제반 사안에 대해서 해박한 고무송의 입에서 무림오적의 활약상에 관한 이야기가 단 한 줄도 흘러나오지 않았던 까닭이었다.

 '아버님과 숙부들께서 그렇게 사방으로 뛰어다니면서 이런저런 일들을 해결하고 마무리를 지었지만, 세상 사람 누구도 그 사실을 알아주지 않고 있다. 아니, 외려 무림오적이니 공적이니 하면서 죽이려 한다. 세상에 이렇게 불합리하고 불공평한 일이 또 어디 있을까?'

 담호는 입술을 깨물었다.

 이윽고 주문했던 요리들이 하나둘씩 나오고 대화는 중단되었다. 탁자에 앉은 사람들은 저마다 다른 상념을 지닌 채 식사에 열중했다.

 먼저 식사를 마친 산동팔빈 세 사람이 자리에서 일어나며 말했다.

 "우리는 먼저 들어갈 테니 편히 식사하십시오."

 "허허허, 고맙소. 편히들 쉬시오."

 만해거사가 푸근한 미소로 그들을 배웅했다. 그들이 자

리를 떠난 후 소자양이 조심스레 물었다.

"산동팔빈을 잘 아십니까?"

"어찌 내가 알겠느냐?"

만해거사는 가볍게 미소를 지으며 대답했다.

"강호를 떠나 은거했던 게 수십 년 전의 일이다. 그러니 요즘 유명한 삼사십 대 장년인들은 전혀 알 리가 없지. 군악이면 또 모르겠구나."

화군악도 고개를 저었다.

"워낙 그쪽으로는 아는 사람이 적어서요."

소자양이 다시 입을 열었다.

"하지만 말하는 거나 풍기는 기세를 보건대 상당히 유명하고 또 강한 고수들 같더군요. 또 아는 것도 많고요."

소자양도 담호와 비슷한 생각을 했던 모양이다.

"하지만 정작 사부나 사숙들의 활약상에 대해서는 한마디도 없는 걸 보면 뭐랄까 왠지 속 빈 강정 같아 보이더라고요."

"허허허. 속 빈 강정이라."

만해거사가 너털웃음을 흘릴 때 화군악이 낮은 목소리로 말했다.

"아니, 외려 사람들이 우리의 행적을 모를수록 좋은 거다. 그만큼 우리가 활동하기 편하니까."

소자양이 억울하다는 표정을 지으며 말했다.

"하지만 사실과 달리 매번 욕을 먹으니까요. 애당초 사부들께서 무림의 공적이 된 것도……."

"쉿."

화군악이 주의를 주자, 소자양은 얼른 입을 다물었다.

화군악은 낮은 목소리로 말했다.

"주위 모든 이들이 무림인이다. 그중 네 이야기를 엿들을 정도로 공력이 높은 자가 없으리란 보장이 없다."

일순 소자양은 흠칫 놀라며 주위를 둘러보았다.

장내는 아직도 만석이었고, 자리를 가득 채운 손님들의 대화 소리로 시끌벅적했다.

하지만 깊고 넓은 공력을 지닌 고수라면, 끝자리에 앉아 맞은편 끝자리의 대화를 충분히 엿들을 수가 있었다. 괜히 낮말은 새가 듣고, 밤말은 쥐가 듣는다는 말이 있는 게 아니었다.

"조심하겠습니다."

소자양은 고개를 숙이며 말했다. 화군악이 담담히 웃으며 고개를 끄덕였다.

"알면 됐다."

"호오, 이제 사숙의 관록이 느껴지는군그래."

만해거사가 놀리자, 화군악은 피식 웃고는 화제를 돌렸다.

"다들 식사를 마친 것 같으니 나가죠. 아직도 자리를

찾는 손님들이 있는 것 같으니까요."

"그러세."

사람들은 자리에서 일어나 계산대로 향했다. 지배인이 손을 비비며 말했다.

"앞자리의 손님들이 손님들 것까지 이미 다 계산하고 가셨습니다."

"허어."

만해거사는 감탄했고 화군악은 눈살을 찌푸렸다.

"괜한 오지랖을."

하지만 화군악은 곧 생각을 바꿨다.

'하기야 나도 괜한 오지랖으로 전혀 생각지도 못한 기연을 얻었으니까.'

어쩌면 행운이나 기연은 그런 식으로 찾아오는 것인지도 몰랐다. 선의(善意)에서 비롯한 괜한 오지랖. 가끔은 그런 오지랖이 사람의 운명을 바꿀 수도 있는 것이었다.

* * *

다음 날.

새벽같이 누군가 별채의 객청 문을 두드렸다. 객청에서 가장 가까운 방에는 담호와 소자양이 자고 있었는데, 깜짝 놀란 담호가 벌떡 일어나 서둘러 객청으로 나갔다.

"누구십니까?"

담호의 질문에 젊은 여인의 옥구슬 굴러가는 듯한 목소리가 들려왔다.

"저예요. 애화. 아침 일찍 죄송하지만 만해거사를 뵙고 싶어요. 우리 아가씨께서 깨어나셨거든요."

일순 담호의 얼굴에서 잠기가 사라졌다.

"그거 정말 다행이군요. 잠시만 기다리세요. 곧 만해 할아버지를 모셔 오겠습니다."

얼마나 당황하고 놀랐는지, 담호는 객청 문을 열어 줄 생각도 하지 못한 채 서둘러 만해거사의 방으로 달려갔다.

담호의 부름에 겨우 잠에서 깬 만해거사는 눈곱을 떼면서 천천히 옷을 갈아입었다.

"당연한 일을 가지고 뭘 그리 놀란 게냐? 애당초 내가 말했잖느냐? 오늘이면 깨어날 거라고."

만해거사는 혀를 쯧쯧 차면서 방을 나섰다.

담호가 만해거사를 깨우는 소리에 깬 것일까. 아니면 애화가 객청 문을 두드리는 소리에 깬 것일까. 복도에는 어느새 옷을 갈아입은 화군악이 만해거사를 기다리고 있었다.

"함께 가시죠."

화군악의 말에 만해거사는 고개를 끄덕이며 객청으로 향했다. 문이 잠겨 있는 걸 본 만해거사가 재차 혀를 차며 담호를 나무라듯 말했다.

"손님을 밖에 세워 두는 건 예의가 아니구나."

담호는 어색한 표정을 지었다.

"죄송합니다. 너무 흥분했나 봐요."

"흥분할 것도 많다."

만해거사는 미소를 지으며 객청 문을 열었다. 객청 밖에서 기다리고 있던 애화가 긴장된 표정을 감추지 못하고 빠르게 입을 놀렸다.

"아가씨께서 만해거사를 뵙자고 하셨습니다. 부디 함께 가 주셨으면 해요."

"허허. 마땅히 그래야지. 가서 진맥도 짚어 봐야 하니까."

만해거사는 웃으며 그녀의 뒤를 따라 옆 별채로 향했다. 화군악이 그 뒤를 따랐고 담호도 함께 가려 했는데, 화군악이 고개를 저었다.

"너는 더 자도 된다."

담호는 살짝 실망한 표정을 지었으나 이내 고개를 숙이며 순순히 화군악의 말을 따랐다.

"네, 화 숙부."

* * *

이상한 일이었다.

죽어 가던 아가씨가 깨어났으니 잔치라도 벌일 기세로 떠들썩하고 즐거워야 할 게 아니던가.

하지만 여인들이 묵고 있는 별채는 정체를 알 수 없는 묘한 긴장감이 맴돌고 있었다.

그건 화군악과 만해거사를 별채로 안내하는 애화 역시 마찬가지였다. 그녀의 얼굴에서는 사뭇 들뜨거나 행복한 표정이 아닌, 뭔가 초조하고 불안해 보이기까지 한 표정이 희미하게 엿보였다.

화군악의 표정도 살짝 변했다.

'설마 아가씨의 병세가 악화된 건……'

하지만 그는 곧 고개를 저었다.

그럴 리가 없었다. 적어도 만해거사가 장담했으니 절대 아가씨의 병세가 악화될 리가 없었다.

그렇다면…….

'설마 나 때문인가? 밀희흡정체술 때문에 순결을 잃었다는 걸 알게 된 아가씨가 크게 화를 내고 있는 걸까?'

화군악의 뇌리에 그런 생각이 떠올랐을 때는 이미 그들이 별채에 당도한 후였다.

"화 대협께서는 잠시 이곳에 머물러 주세요."

애화는 화군악이 객청에 남아 있기를 요청했다. 화군악은 당연히 고개를 끄덕였다.

"그리하겠소."

객청에는 네 명의 여인이 어찌할 바 모른 채 우두커니 서 있다가 애화의 잔소리를 듣고 황급히 화군악에게 차를 대접했다.

그러는 동안 애화는 만해거사를 안내하여 복도 제일 안쪽, 아가씨가 누워 있는 방으로 향했다.

애화는 방문 앞에서 걸음을 멈추고 잠시 목소리를 가다듬은 후 천천히 조심스럽게 말했다.

"만해거사를 모셔 왔습니다, 아가씨."

아가씨 대신 중년 여인, 백고의 목소리가 들려왔다.

"안으로 모시거라."

애화가 문을 열었다.

만해거사는 뒷짐을 진 채 천천히 방 안으로 들어섰다.

백고가 공손히 서 있는 가운데, 침상에는 세상에서 가장 아름다운 여인이 몸을 일으켜 앉은 채 한없이 투명한 눈빛으로 만해거사가 들어서는 모습을 지켜보고 있었다.

5장.
임가흔(林嘉欣)

소자양은 잠시 생각하다가 천천히 입을 열었다.
"강호무림에 명성을 떨쳤던 검파(劍派)가 저 바다 건너 해남(海南)에 있거든. 너도 들어 본 적은 있을 거야. 해남검파(海南劍派)라고 말이지."
"네, 들어 본 적 있어요."
담호는 아는 체를 했다.
"그렇다면 저 여인들이 그 해남검파 사람들인가요?"

임가흔(林嘉欣)

1. 신비(神祕)한 문파

 애화를 따라 화군악과 만해거사가 별채 밖으로 나간 후, 담호는 길게 한숨을 내쉬며 객청 탁자에 앉았다.
 나름대로 이제 한 사람 몫을 해낸다고 생각했는데 아무래도 그게 아닌 모양이었다. 중요한 일이나 긴급한 상황에서는 언제나 뒷전으로 밀려났다.
 그게 왠지 분하고 가슴이 시렸다.
 "어쩔 수 없기는 해."
 담호는 식은 차를 한 모금 마신 후 중얼거렸다.
 "내가 똑바로 처신했더라면, 그리고 조금 더 빠르게 움직였다면 아마 강호오괴 할아버지들이 그런 난동을 부리지 않았을 테니까. 그것만 보더라도 아직 내가 부족한 건 확실해. 그리고 화 숙부나 만해 할아버지께서 보시기에는 여전히 내가 모자란 녀석으로 보일 테고."

담호는 아직도 조금만 더 주의하고 신경을 썼더라면 강호오괴의 배신을 막을 수 있었다고 생각했다.

강호오괴가 난동을 부린 건 결국 그들을 제외하고 담호와 소자양만 기녀들과 하룻밤 잤기 때문이었다.

그리고 사실 그건 담호만 그렇게 생각하는 게 아니었다. 그게 기폭제가 되어 화군악이 아가씨와 밀희흡정체술을 펼치는 모습에 홱 눈이 돌아가서 이성을 잃은 거라고, 만해거사와 화군악이 이야기했었으니까.

"내가 잘 달래 주고 위로했더라면, 그리고 조금이라도 빨리 할아버지들이 원하는 그걸 할 수 있게 해 드렸다면…… 그럼 아직도 이 자리에 앉아서 실없는 농담을 주고받으며 유쾌하게 떠들고 계셨을 거야."

담호가 다시 한숨을 쉬며 그렇게 중얼거릴 때였다.

"응? 나는 그렇게 생각하지 않는데?"

소자양의, 아직 잠에서 덜 깬 목소리가 복도에서 들려왔다. 그리고 두 팔을 번쩍 치켜들고 늘어지게 하품을 하며 걸어오는 소자양의 모습이 보였다.

담호가 멋쩍은 표정을 지으며 물었다.

"일어났어요, 형님?"

"그래. 하도 시끄러워서 말이지. 무슨 일이 있었어?"

"아, 네. 아가씨가 깨어났다고 해서 만해 할아버지와 화 숙부가 불려 가셨어요."

"호오, 역시. 만해 태사부의 의술 실력은 무림 최고라니까."

소자양은 어깨를 으쓱거리며 탁자에 앉았다. 그러고는 아예 주전자째 들고 꿀꺽꿀꺽 찻물을 들이마셨다. 마치 어젯밤 서너 동이의 술이라도 마신 사람처럼 맛있게 차를 들이켠 소자양은 주전자를 내려놓으며 입을 열었다.

"조금 전 네가 했던 말 말이다. 모든 게 네 잘못이라고 했던 거, 그거 아니다. 네 잘못 하나도 없어. 나쁜 건 배신한 강호오괴고, 또 배신했기 때문에 죽은 거야. 그러니까 그렇게 자책할 필요가 없는 거지."

"그 정도는 알고 있어요."

담호가 애매하게 웃으며 말했다.

"그래도 자꾸만 그런 생각이 들거든요. 내가 조금만 더 노력하고 신경 쓰고 집중했더라면…… 상황이 달라지고 결과가 바뀌었을 거라고요."

"흐음. 그렇게 반성하는 건 나쁘지 않다고 봐. 하지만 후회나 자책은 진짜 아니야."

후회나 자책이 이미 지나간 일에 발목을 잡혀 움직이지 못하게 만든다면, 반성은 달랐다.

반성은 곧 다시 앞으로 나아가게 만드는 추진력이라고 할 수 있었다. 또한 두 번 다시 그런 일이 일어나지 않게 만드는 성찰이기도 했다.

"그런데 말이지."

문득 소자양이 목소리를 은밀하게 낮추며 화제를 돌렸다.

"너는 안 그래?"

갑작스런 그의 질문에 담호의 눈이 휘둥그레졌다.

"뭐가요?"

"그게 그러니까…… 그거 있잖아?"

"그게 뭔데요?"

"아휴, 참."

소자양은 한숨을 쉬며 머뭇거리다가 진지한 표정을 지으며 입을 열었다.

"그러니까 말이지. 한 번 그 맛을 알게 되니까 시도 때도 없이 생각나서 미치겠더라고. 특히 자려고 할 때마다 그 생각 때문에 밤잠을 설치게 되니까……."

"그 맛이라뇨? 아……."

고개를 갸우뚱거리며 묻던 담호는 뒤늦게 소자양이 무슨 말을 하는지 알아차린 듯 이내 얼굴을 살짝 붉히며 멋쩍은 표정을 지었다.

"허험. 나는 그런데 너는 어때?"

소자양도 멋쩍은 듯 헛기침을 하며 물었다.

 물론 담호 또한 그 생각을 떠올린 적이 없진 않았다. 특히 오가는 여인들을 보면 그 씰룩거리는 엉덩이와 촉촉하게 젖은 입술에 저도 모르게 시선이 집중되었다.

 사실 담호나 소자양 모두 바람에 스치기라도 하면 아랫도리가 불끈거리는 나이가 아니던가.

 담호는 애써 정색하며 고개를 저었다.

 "아뇨. 저는 괜찮아요."

 "정말?"

 "네. 정말요. 제가 언제 형님께 거짓말을 한 적이 있나요?"

 담호는 그렇게 대꾸하면서 왜 그동안 화군악이나 강만리가 뻔히 들여다보이는 거짓말을 했는지 이해할 수 있었다.

 "거짓말."

 소자양은 가만히 담호의 얼굴을 들여다보다가 문득 피식 웃으며 말했다.

 "이제 너도 어른이 되어 가는구나. 그렇게 입에 침도 안 바르고 거짓말을 하는 걸 보면."

 난처해진 담호는 황급히 화제를 돌렸다.

 "그런데 아가씨의 신분이 뭘까요? 백고 아주머니나 애화 소저가 대하는 모습을 보면 무슨 공주처럼 받들어 모시던데 말이에요."

"흠, 글쎄다."

"글쎄라니요? 그때 형님께서 분명하게 말씀하셨잖아요? 신녀곡이나 보타암 말고 애당초 실존은 했는지부터 의심스러운 문파가 있다고요. 어쩌면 그곳에서 온 여인들인지도 모르겠다고 하셨잖아요?"

담호의 말에 소자양의 눈이 휘둥그레졌다.

"내가 그런 말을 했어?"

"네. 확실히 그렇게 말씀하셨어요."

"이야, 너 정말 기억력이 뛰어나구나. 나는 내가 언제 그런 말을 했는지 기억조차 나지 않는데."

"원래 그런 법이에요. 때린 사람은 기억하지 못해도 맞은 사람은 절대 잊지 않는 것과 마찬가지죠."

"무슨 그런 엉뚱한 비유가 다 있느냐?"

소자양이 가볍게 눈살을 찌푸릴 때 담호가 웃으며 재촉해 물었다.

"그러니까 그 신비(神祕)한 문파가 어디죠?"

소자양은 잠시 생각하다가 천천히 입을 열었다.

"강호무림에 명성을 떨쳤던 검파(劍派)가 저 바다 건너 해남(海南)에 있거든. 너도 들어 본 적은 있을 거야. 해남검파(海南劍派)라고 말이지."

"네, 들어 본 적 있어요."

담호는 아는 체를 했다.

"그렇다면 저 여인들이 그 해남검파 사람들인가요?"

하지만 담호는 곧 고개를 갸웃거리며 말을 이었다.

"하지만 실존을 했는지부터 의심스러운 문파라고 하기에는 해남검파가 워낙 유명하잖아요?"

"가만히 보면 너도 성급할 때가 있다니까. 내가 언제 그녀들이 해남검파 사람들이라고 했느냐?"

소자양이 피식 웃으면서 핀잔을 주고는 이내 정색하며 진지하게 말을 이었다.

"만약 그 명성 자자한 해남검파 사람들이 어느 한 문파의 호위무사라면 너는 믿을 수 있겠어?"

일순 담호의 눈이 휘둥그레졌다.

"설마요? 그런 일이 있을 수가 있어요?"

"그러니까 말이다."

소자양이 가볍게 한숨을 쉬며 말했다.

"그래서 말을 꺼냈던 나도 지금까지 전혀 믿지 않고 있단다. 게다가 그 문파 사람들은 모두 검을 사용하는데 백고를 비롯한 여인들은 칼을 사용하고 있으니, 확실히 내 짐작이 틀렸다고 할 수 있을 거야."

소자양은 그렇게 자신의 추측을 거둬들이는 식으로 말을 했지만, 담호는 신경 쓰지 않은 채 외려 답답하다는 표정을 지으며 말했다.

"아휴, 자꾸 그렇게 변죽만 울리지 말고 제대로 말씀해 주세요. 그 해남검파를 휘하로 둔 문파가 도대체 어딘가요?"

담호의 재촉에 소자양은 천천히 입을 열었다.

"그게 그러니까……."

* * *

"만해라고 하오. 쾌차하신 것 같아 한없이 기쁘오만 잠시 맥을 짚어도 되겠소?"

만해거사의 말에 아가씨는 투명한 눈빛으로 그를 쳐다보다가 고개를 끄덕였다.

"먼저 소녀를 살려 주신 은혜에 감사드려야 하나, 아직 몸이 성치 않아 일어나서 절을 드리지 못하는 점 이해해 주시기 바랍니다."

막 병상에서 일어난 까닭이었을까. 가냘프고 힘없는 목소리였지만, 그래도 옥구슬 구르는 것처럼 맑고 고운 음색을 지니고 있었다. 그녀의 목소리만으로도 가슴이 절로 두근거려질 정도였다.

"괜찮소이다. 은혜는 무슨. 그럼, 자아……."

만해거사는 침상으로 걸어가 끝자락 살짝 엉덩이를 대고는 서슴없이 손을 내밀어 아가씨의 손목을 잡았다. 힘

줄과 핏줄이 유난히도 도드라져 보이는 창백한 살결의 손목이었다.

만해거사는 그 손목을 쥔 채 눈을 지그시 감고 맥을 짚기 시작했다.

화군악은 입구 쪽에 우뚝 선 채 가만히 그 광경을 지켜보았다.

문득 아가씨의 시선이 화군악에게로 향했다. 화군악은 무표정한 얼굴로 살짝 고개를 끄덕였다. 아가씨 또한 투명한 눈길로 그를 쳐다보며 살짝 고개를 까닥거렸다.

그 모습만으로는 그녀가 화군악이 자신의 순결을 빼앗을 걸 알고 있는지, 아니면 아직 모르고 있는지 확인할 수가 없었다.

화군악 또한 무슨 생각을 하는지 알 수 없는 표정으로 가만히 그녀를 바라보았다.

만해거사의 진맥이 이어지는 가운데, 방 안에는 묘한 침묵과 어색한 호흡만이 감돌았다. 백고나 애화 또한 긴장한 모습으로 만해거사를 지켜보았다.

그렇게 제법 시간이 흐른 뒤, 만해거사는 그녀의 손을 조심스레 내려놓으며 활짝 웃었다.

"이제 걱정하지 않으셔도 되오. 다 나으셨소."

그의 말에 백고와 애화의 입에서 동시에 안도의 한숨과 탄식이 흘러나왔다.

만해거사는 아가씨를 바라보며 말했다.

"몸속의 모든 독기와 염증이 사라졌소. 아직 움직이지 못하는 건 체력이 부족하기 때문이오. 게다가 꽤 오랫동안 움직이지 않았으니 몸의 근맥들이 모두 제 기능을 잃은 상태요. 앞으로 최소한 보름에서 한 달 가까이 꾸준히 재활을 하신다면 그때는 예전의 건강했던 몸을 되찾을 수 있을 것이오."

"정말 감사드립니다."

아가씨가 고개를 숙이며 말했다.

"이 은혜 어찌 갚아야 할지 모르겠습니다."

만해거사는 흐뭇하게 웃으며 대꾸했다.

"은혜라고 할 것까지도 없소이다만, 그래도 건강한 몸을 되찾는다면 그게 가장 크게 은혜를 갚는 방법이라 할 수 있겠구려."

하지만 아가씨는 그 말이 성에 차지 않는 모양이었다. 그녀는 곧 백고를 돌아보며 말했다.

"돈으로 은혜를 갚을 수는 없겠지만 우선 이분들께 황금 만 냥을 드리세요."

백고가 고개를 숙였다.

"그리하겠습니다, 아가씨."

만해거사가 손사래를 쳤다.

"허어, 그럴 필요가 없다니까요. 애당초 돈이나 뭘 바라고 한 일이 아니라오. 그저 죽어 가는 자를 가만 놔둘 수가 없어서 오지랖을 부렸을 뿐이오."

"그래도 아무것도 해 드리지 못한다면 제가 너무 송구스럽고 또 마음이 편하지 못하답니다. 그러니 최소한의 성의라고 생각하고 받아 주시기 바랍니다."

조곤조곤 말하는 아가씨의 목소리에는 품위와 기품이 넘쳐흘렀다.

가만히 지켜보던 화군악은 문득 도대체 어느 방면의 여식이기에 저렇게 귀족 같은 분위기를 지닐 수 있을까 하는 의문이 생겼다.

그건 만해거사도 마찬가지였던 모양이었다.

"그럼 실례가 되지 않는다면 아가씨의 방명(芳名)이나 어느 가문의 자녀분인지 말씀해 주시겠소?"

아가씨는 눈을 휘둥그레 뜨며 백고를 쳐다보았다. 백고가 고개를 숙이며 말했다.

"아직 아무것도 말씀드리지 않았습니다."

"그러면 안 되죠. 제 생명의 은인들이신데요."

아가씨가 그녀를 나무라듯 말했다. 그러고는 만해거사를 돌아보며 제 소개를 하기 시작했다.

"제 백고가 여러분께 무례를 범했군요. 용서해 주시기 바랍니다. 저는 해남에서 온 임가흔(林嘉欣)이라고 해요."

일순 만해거사의 얼굴이 딱딱하게 굳어졌다.

그녀의 이름을 듣는 순간, 저도 모르게 한 문파가 떠오른 까닭이었다.

2. 검후(劍后)

"설마······."

아가씨로부터 '해남에서 온 임가흔'이라는 말을 듣는 순간, 만해거사는 저도 모르게 신음처럼 한 마디를 흘리고 말았다.

"자하신녀문(紫霞神女門)?"

그러자 이번에는 백고와 애화의 표정이 심각할 정도로 굳어졌다.

반면 아가씨, 임가흔은 여전히 투명한 눈빛으로 만해거사를 쳐다보면서 살짝 고개를 갸웃거리며 입을 열었다.

"어떻게 제 이름만으로 문파를 알아내신 거죠?"

믿을 수 없는 일이었다. 이 임가흔이라는 우아하고 고귀하고 기품 넘치는 여인은 순순히 자신의 문파가 자하신녀문임을 인정하고 있었다.

만해거사의 입이 쩍 벌어졌다.

"진짜 자하신녀문이라니!"

하지만 뒤쪽에 서 있던 화군악은 그 자하신녀문이 어떤

문파인지 전혀 알지 못했고, 그래서 왜 만해거사가 이토록 놀라는지 이유를 짐작하지 못했다.

* * *

대륙의 최남단, 바다 건너 거대한 섬이 있었다. 대륙처럼 광활하고 넓은 그 섬을 가리켜 사람들은 보도(寶島), 혹은 해남도(海南島)라고 불렀다.

해남도가 유명해진 이유 중 하나는 바로 그곳에 해남검파라는, 대륙의 검법과는 매우 상이하고 특이한 검법을 사용하는 문파가 존재했기 때문이었다.

좀처럼 무림에 나오지는 않지만, 한 번 그 모습을 드러낼 때마다 그들은 상당한 파란을 일으켰다.

가령 백여 년 전 화산파(華山派)의 백여 명 제자가 해남검파 다섯 명을 상대로 목숨을 잃었던 사건은, 그간 해남검파가 일으켰던 수많은 사건 사고 중에서도 가장 유명한 일화 중 하나였다.

그런데 지금 소자양은 그 해남검파가 어느 한 가문의 호위 집단에 불과하다고 이야기하는 것이었다.

"거대한 해남도의 중앙에 여모봉(轝母峰)이라고 있거든. 그 봉우리 깊고 험한 땅에 아주 오래된 가문이 있다고 전해져. 그런데 그 가문은 매우 특이하게도 여인이 문주(門主)이고, 여인이 당주(堂主)이며, 여인이 문하생인, 오직 여인들로 구성된 가문이야."

눈빛 반짝이며 소자양의 이야기를 듣던 담호가 문득 고개를 갸웃거리며 물었다.

"정말 믿을 수 없는 전설이네요. 만약 진짜 여인들로만 구성되어 있다면 후대는 어떻게 잇고, 또 자손들은 어떻게 낳죠?"

"해남검파의 또 다른 존재 이유가 바로 그거야."

소자양이 어깨를 으쓱거리며 말했다.

"해남검파의 남자 무인들 중 기예가 출중하고 자질이 뛰어난 자들을 선택하여 그 가문의 데릴사위로 받아들인다고 하더라고. 그렇게 씨를 받아서 여자아이가 태어나면 후대를 잇고, 만약 아들이 태어난다면 해남검파에 보낸다는 거야."

소자양은 힐끗 아가씨가 있는 별채 쪽으로 시선을 돌리며 말을 이었다.

"그렇게 태어난 여자아이들은 하나같이 아름답고 기품이 넘치고 자질이 뛰어나다는 거지. 마치 저쪽 별채의 여인들처럼 말이지."

"세상에, 어떻게 그런 가문이 있을 수가 있죠?"

"그야 나도 모르지. 나도 어렸을 적에 들은 이야기이니까. 할머니께서 가끔 몸 상태가 좋으실 때 나를 무릎 근처에 앉혀 두고 그런 전설 같은 옛날이야기를 많이 해 주셨거든."

소자양은 문득 그때의 감흥이 떠오른 듯 지그시 눈을 감고 중얼거렸다.

"아, 그때만 하더라도 나는 세상에 나가 무수한 모험을 하고, 천하의 악당들을 모두 때려잡는 영웅이 될 줄 알았는데…… 조금 철들고 나서 보니 아예 북경부 밖으로는 나갈 수가 없는 처지였지 뭐야?"

"아휴. 왜 자꾸만 이야기하다가 딴 길로 빠지시는데요? 계속 그 여인들의 가문에 대해서 말씀해 주세요."

"아, 그렇지."

소자양은 식은 찻물로 목을 축인 다음 다시 말을 이어 나갔다.

"어쨌든 그 가문의 이름은 여모봉에 있다고 해서 여모파(舉母派)라고 하지."

"여모파요?"

담호는 고개를 갸웃거렸다. 들어 본 적이 전혀 없는 문파의 이름이었다.

소자양이 그럴 줄 알았다는 듯이 피식 웃으며 말했다.

"생소하지? 당연한 거야. 세상에는 전혀 다른 이름으로 알려져 있으니까."

"다른 이름이요?"

"그래. 자하신녀문(紫霞神女門)이라고, 혹시 들어 본 적이 있어?"

일순 담호의 안색이 굳어졌다.

자하신녀문의 자하(紫霞)는 곧 담호의 죽은 어머니의 이름이었다. 전혀 생각지도 못한 순간에 그 단어를 들은 담호는 저도 모르게 움찔하며 놀라야만 했다.

"그렇구나. 너도 들어 본 적이 있나 보네."

소자양은 그런 담호의 표정을 곡해한 채 고개를 끄덕이며 말을 이어 나갔다.

"그렇다면 이야기하기가 더 쉽겠다. 평소 여모봉에서 은둔한 채 지내며 해남도를 떠나지 않는 자하신녀문이 왜 너나 내가 알고 있을 정도로 유명할까? 그 이유는 바로 검후(劍后) 때문이지."

소자양의 계속되는 이야기에 담호는 퍼뜩 제정신을 차렸다. 그러고는 황급히 기억을 더듬어 언젠가 곤륜파의 유 노대가 해 주었던 이야기 속에 검후라는, 사상 최고의 절대적인 여고수(女高手)가 있었음을 떠올렸다.

담호는 고개를 끄덕이며 말했다.

"네, 검후라면 확실히 들어 본 적이 있어요. 육칠십 년 전인가요? 묘령의 나이에 홀로 강호에 그 모습을 드러낸 후 오륙 년 동안 강호의 뭇 검객들을 상대로 단 한 번도 패하지 않은 전설적인 여고수라고 했어요."

"맞아. 그리고 갑자기 등장했던 것처럼 홀연히 강호에서 그 자취를 감췄고 이후 두 번 다시 모습을 드러내지 않았다는…… 그야말로 전설에나 어울릴 법한 여고수의 이야기지. 그리고 사람들은 그런 그녀를 가리켜 검후라는 칭호를 주었고 말이야."
"그 검후가 자하신녀문의 인물이었나요?"
"그래. 놀랍게도 그게 그렇다는 게 우리 할머니의 이야기였거든."

그렇게 말을 맺은 소자양은 가볍게 휘파람을 불었다. 지금 생각해도 상당히 소름 돋을 정도로 놀라운 이야기라는 표정이었다.

담호도 입을 벌린 채 이야기를 듣다가 문득 궁금한 점이 떠올라 다시 질문했다.

"만약 그 검후가 자하신녀문의 사람이라면 평소 해남도에서 은둔하다가 왜 갑자기 강호에 모습을 드러냈을까요?"
"글쎄. 그건 나도 몰라. 할머니께서 이야기해 주시지 않으셨고, 당시 나는 그런 궁금증을 떠올리기에는 아직 어린 나이였으니까."

소자양의 대답에도 담호의 궁금증은 줄어들지 않았다.
"그럼 형님께서 저 아가씨와 여인들을 그 자하신녀문 사람이라고 추측한 이유가 무엇인데요? 무엇보다 저 여인들은 다들 칼을 들고 있어서, 검후와는 연관이 없을 것 같은데요."

"뭐야, 지금 나 취조당하는 거야?"

"아, 아니에요. 그저 궁금해서 여쭙는 겁니다."

"그래? 하지만 그렇게 집요하게 묻는 바람에 살짝 기분이 나빠졌다고."

"아, 죄송합니다."

담호는 순순히 사과했다. 소자양은 그제야 미소를 지으며 말을 이었다.

"그럼 이 형님이 그렇게 추측한 이유를 설명해 주지. 우선 아가씨나 백고나 애화 소저나 할 것 없이 하나같이 모두 아름답고 우아하고 기품이 넘쳐흘렀거든. 아까 이야기했지? 자하신녀문의 모든 여인이 다 아름답고 우아하고 기품이 넘쳐 난다고 말이야."

"네, 분명 그렇게 말씀하셨어요."

"모르기는 몰라도 모든 수행 제자까지 그렇게 아름다운 용모를 지닌 여인들만의 문파는 오직 자하신녀문뿐일 테니까. 당연히 그 존재가 떠올랐지."

"그렇군요. 그럼 두 번째 이유는요?"

"두 번째는 왠지 그녀들이 칼을 쥔 자세와 모습이 엉성하다고 느꼈기 때문이야."

소자양의 말에 담호의 눈이 휘둥그레졌다.

"네? 그건 또 무슨 말이에요?"

"한번 떠올려 봐. 백고나 애화 소저 말이야. 그녀들이 풍기는 기세나 평소 움직임이 어떤 거 같아?"

담호는 소자양의 말을 듣고는 가만히 그녀들의 지난 모습을 떠올려 보았다.

백고의 움직임이나 태도는 한없이 진중했고 단단했다. 애화는 바람처럼 부드럽고 표홀한 것이, 그야말로 평소에는 산들바람같이 부드럽게 움직였지만 가끔은 느닷없이 불어닥치는 돌풍과도 같은 움직임을 보여 줄 때가 있었다.

담호는 그 모습들을 떠올리면서 천천히 고개를 끄덕였다.

"그러네요. 확실히 평소 칼을 쥔 모습과는 달리, 모든 움직임이 안정되어 있고 걸음 하나하나에도 중심이 잘 잡혀 있는 것 같아요."

"그렇지?"

소자양은 반색하며 말했다.

"그래서 나는 그녀들이 일부러 칼을 쥐는 것으로 자신들의 신분을 감추려 한 게 아닐까 의심했거든. 그 의심이 자하신녀문을 떠올린 두 번째 이유이기도 하고."

"아……."

담호는 감탄하는 눈빛으로 소자양을 바라보았다.

늘 사람 좋은 웃음을 흘리며 다니는 이 천진무구한 형님에게 이런 예리한 관찰력과 주의력이 있었다니 하는 생각이 문득 들었다.

동시에 그동안 소자양과 똑같이 그녀들을 지켜보았던 자신은 도대체 무얼 하고 있었나 하는 생각도 들었다.

'형님이 주의 깊게 관찰해서 알아냈던 건 나 역시 주의를 게을리하지 않았더라면 충분히 알 수 있던 것들이었어. 그저 건성건성 훑어보고 무사안일하게 지냈기 때문에 나 혼자 아무것도 모르고 있었던 것뿐이야.'

담호는 다시 한번 반성했다.

강호에 있는 그 시간만큼은 한순간도 긴장과 경계의 끈을 놓치지 말아야 했다. 그게 강호인이었다.

길거리에서 혹은 관도에서 우연히 스쳐 지나가는 행인의 얼굴을 기억하고 표정을 확인하고 보폭과 자세를 주시해야 했다.

객잔에서 식사를 하거나 주루에서 술을 마실 때도 주변 손님들의 동태를 살피고 대화에 관심을 가져야 했다. 기루의 여인들 손톱의 색이 어떤지, 방에서 특이한 냄새가 나는지도 예리하게 관찰해야 했다.

그리고 바로 그것이야말로 강호에서 살아가고 무림에서 싸우는 자들이 지닌 숙명이자, 어떻게든 살아남기 위한 몸부림이었다.

담호에게 강호의 이야기를 들려주었던 유 노대나 만해 거사 모두 공통되게 했던 말이 있었다.

 -의외로 말이다. 싸우다가 죽는 경우는 그리 흔하지 않다. 죽음에 이를 정도의 싸움은 본능적으로 피하게 되거나 혹은 그 상황이 닥치면 다들 꼬리를 말고 도망치니까. 강호 무림에서는 말이다. 싸우다가 죽는 것보다 술을 마시다가, 여인과 잠자리를 갖다가, 번잡한 거리를 걷다가 죽는 경우가 훨씬 더 많단다. 그래서 강호를 살아가는 이들은 언제나 주의와 경계의 끈을 놓지 말아야 한단다.

 담호는 아주 어린 시절부터 부친 담우천과 동생 담창과 함께 강호를 떠돌았다.
 그 시절 담호는 온갖 경험을 하였고, 그러는 동안 이런저런 눈치도 늘었고 경각심도 남달라졌다. 그때의 담호는 갓 벼린 칼날과 같은 예기가 있었다.
 하지만 화평장에서 평온하고 행복한 생활을 하는 동안 그 날카롭던 기세는 많이 사라졌다. 비록 무공은 늘었을지언정, 동물과도 같았던 감각은 외려 둔화하고 뭉툭해졌다.
 그런 연유로 지금의 담호는 생전 처음으로 강호에 나온, 그래서 더 많은 걸 보고 듣기 위해 모든 신경을 집중하며 주변을 훑어보고 사람들을 관찰하던 소자양보다도 훨씬 더 그 예리함이 떨어져 있었던 것이었다.

담호는 반성했다.

'늦지 않았다. 지금부터라도 할아버지들의 말씀을 잊지 않고, 제대로 된 강호인처럼 행동하면 된다.'

그렇게 내심 중얼거리는 담호의 눈빛은 한없이 진지하고 순수하게 빛나고 있었다.

한편 소자양은 담호가 한동안 아무 말도 하지 않고 홀로 상념에 젖어 있자, 조금은 불안한 표정을 지으며 조심스럽게 입을 열었다.

"왜? 내 추측이 틀린 것 같아? 뭔가 허점이 있어?"

비록 담호는 어렸지만 소자양보다 훨씬 강한 실력을 지녔고, 또 소자양보다 훨씬 많은 경험을 한 고수였다. 그래서 소자양은 자신보다 어린 담호를 진심으로 존경하고 있었다.

그런 담호가 심각한 표정을 지은 채 가만히 있는 걸 보니 괜히 마음이 불안해진 것이었다.

담호는 소자양의 말에 퍼뜩 정신을 차리며 웃었다.

"아, 아니에요. 잠시 다른 생각을 하고 있었어요. 형님 추측은 정말 대단해서 마치 강 숙부를 보는 것 같았어요."

"사부를?"

소자양의 얼굴이 환해졌다.

"네. 평소 숙부들의 대화를 듣다 보면 결국에는 강 숙부의 말씀대로 상황이 진행되거나 귀결되거든요. 마치 그건 절대 피할 수 없는 예언과도 같아서, 가끔 나 혼자 놀랄 때가 있어요."

"아아. 부럽다, 정말."

소자양은 팔베개를 하고는 의자에 몸을 젖히며 말했다.

"나도 그 자리에 있어서 사부나 사숙들이 눈빛을 반짝이며 토론하고 숙의(熟議)하는 모습을 보고 싶은데."

"정말 재미있어요. 숙부들마다 저마다 다른 개성을 가지고 계셔서…… 가만히 보고 있다 보면 두 시진, 세 시진이 금방 흘러가요."

"아, 그래. 그럼 마침 시간이 있으니 화평장 사람들에 대해서 좀 더 이야기해 주지 않을래? 사부나 사모(師母)는 물론 다른 사숙들, 사숙모들에 대해서 더 많은 이야기를 듣고 싶고 또 알고 싶거든."

소자양이 눈빛을 반짝이며 말했다. 담호는 싱긋 웃으며 고개를 끄덕였다.

"그러죠. 아마 오늘 하루 내내 이야기해도 부족하겠지만 말이에요."

담호는 곧 화평장 식구들에 대해서 이야기를 시작했

고, 소자양은 한 마디도 놓치지 않겠다는 듯이 두 눈을 반짝이며 집중했다.

3. 검후의 증손녀(曾孫女)

"어떻게 제 이름만으로 문파를 알아내신 거죠?"
아가씨, 임가흔은 조심스럽고 정중하게 물었다.
잔뜩 경계심에 가득 찬 백고와 애화와는 달리, 그녀의 눈빛은 여전히 투명했으며 진심으로 궁금해서 그렇게 묻는 얼굴이었다.
만해거사는 잠시 생각하다가 천천히 고개를 끄덕이며 입을 열었다.
"우선 해남에서 왔다고 하셨으니까. 그리고 다른 성(姓)이 아닌 임(林)씨였으니까. 마지막으로 과거 내 사부께서 우연찮게 검후를 만나 대화를 나눈 적이 있으셨으니까. 그래서 내가 아가씨의 사문을 알고 있는 것이오."
일순 임가흔이 눈을 반짝이며 물었다.
"제 증조할머니를 만나셨다고요?"
동시에 백고가 깜짝 놀라 그녀를 만류했다.
"아가씨! 그렇게 함부로 말씀하실 일이 아닙니다."
"어때서요? 이분들은 제 생명을 구해 주신 은인들이 아닌가요?"

임가흔은 외려 어리둥절한 표정을 지으며 말했다.

"그런 분들에게까지 제가 누구인지 감출 필요가 있나요, 굳이? 설마 그걸 가지고 저를 협박하거나 인질로 삼을 분들도 아닐 테고요."

"맞소."

만해거사가 쓴웃음을 흘리며 고개를 끄덕였다.

"확실히 우리는 아가씨께서 저 전설의 자하신녀문 사람이라고 해서, 검후의 증손녀(曾孫女)라고 해서 납치하거나 협박하지 않을 것이오. 또 그럴 이유도 없고."

"거봐요."

임가흔은 백고를 향해 천진무구한 소녀처럼 콧잔등을 찡긋거리며 웃었다.

그 한없이 달콤한 모습에 화군악은 저도 모르게 가슴이 두근거렸다. 엊그제 밤의 기억이 순간 떠올랐다.

아직 병상에서 완전히 회복하지 못한 까닭에 여전히 창백한 얼굴의 임가흔은, 그럼에도 불구하고 오월(五月)의 햇빛처럼 부드럽고 순수한 미소를 지은 채 만해거사를 돌아보며 입을 열었다.

"그럼 우리 증조할머니에 대해서 조금이나마 이야기를 들으셨겠네요?"

만해거사는 고개를 끄덕였다.

"그렇다오. 내 선사(先師)께서는 햇빛 좋은 오후에나 바람 솔솔 불어오는 한낮이나 땅거미 어스레하게 지는 저녁 무렵에는 언제나 감상에 젖은 눈빛으로 한참 동안 그분 생각을 하셨다오. 또 술이 적잖이 들어가서 불콰해지시면 술버릇처럼 그분에 대해 이야기해 주셨다오."

"뭐라고 하셨는데요? 어떤 기억으로 남으셨대요?"

임가흔은 꼭 사춘기 소녀처럼 두 눈을 반짝이며 말을 이어 나갔다.

"사실 저는 증조할머니에 대한 기억이 전혀 없거든요. 그래서 정말 궁금해요. 그분이 강호에서 어떻게 지내셨는지, 또 강호 무림인들에게 어떤 기억으로 남아 계시는지 말이에요."

"허허. 내가 해 줄 수 있는 한 얼마든지 이야기해 드리겠소. 하지만 지금은 아니오."

만해거사의 말에 임가흔은 그 도톰한 입술을 삐죽였다.

"왜죠? 왜 지금은 안 되나요?"

"아직 그렇게 긴 이야기를 듣기에는 아가씨의 몸 상태가 좋지 않기 때문이오. 오늘은 푹 쉬고, 내일부터 천천히 이야기하는 게 나을 것 같소. 시간은 많으니까 말이오."

그렇게 인자한 할아버지처럼 웃으며 말하던 만해거사는 문득 아차 하는 표정을 지으며 화군악을 돌아보았다.

시간이 많다고 하기에는 사실 그들은 해야 할 일이 남아 있었다. 하루라도 빨리 악양부에 당도하여 그곳 상황을 살펴보고, 건곤가와 금해가의 사정을 확인하는 게 그들의 임무였으니까.

화군악은 만해거사가 자신을 돌아보자 고개를 끄덕이며 말했다.

"네. 아직 시간은 많으니까요."

만해거사는 겨우 미소를 되찾을 수가 있었다.

그때 임가흔의 시선이 만해거사를 따라 화군악에게로 향했다. 화군악의 잘생긴 얼굴을 본 임가흔의 얼굴에 묘한 표정이 깃들었다.

그녀는 조심스럽게 입을 열었다.

"화 대협이시죠?"

화군악은 고개를 숙이며 말했다.

"화군악이 자하신녀문의 아가씨를 뵙습니다."

그의 깍듯한 인사가 마음에 들었을까. 임가흔이 배시시 웃으며 말했다.

"고마워요. 진심으로 감사드려요. 제 목숨을 구해 주셔서."

일순 화군악은 속으로 중얼거렸다.

'지금 이 여인은 내가 자신에게 무슨 짓을 했는지 모르고 있는 게 아닐까?'

그게 아니고서는 자신의 순결을 파과(破瓜)하여 피를 흘리게 만든 화군악을 앞에 두고 저렇게 천진난만하게 미소를 지을 리가 없었다.

화군악은 힐끗 백고와 애화를 곁눈질했다. 고개를 숙이고 있었음에도 불구하고 그녀들에게서는 알 수 없는 비장한 기운이 흘러나오고 있었다.

'그녀들을 보면 또 그런 건 아닌 듯싶은데.'

화군악이 의아한 심정이 되었을 때, 임가흔이 백고를 돌아보며 말했다.

"화 대협과 단둘이서 대화를 나누고 싶은데 괜찮을까요?"

백고가 움찔 놀라며 말했다.

"하지만 아가씨……."

"나는 괜찮아요. 걱정하지 않아도 돼요."

임가흔의 말에 백고는 난처한 얼굴로 만해거사를 바라보았다. 만해거사가 고개를 끄덕이며 말했다.

"일각 정도라면 괜찮을 것이오."

백고는 결국 한숨을 내쉬며 말했다.

"정 아가씨 뜻이 그러하시다면야."

백고는 곧 애화와 만해거사와 함께 밖으로 나갔다.

이제 방에는 임가흔과 화군악만이 남게 되었다. 묘한 긴장감이 방 안에 흘렀다.

"이리 가까이 오셔도 돼요."

임가흔이 제 침상 옆자리를 가리키며 말했다. 어린 나이임에도 그녀의 말에는 감히 거절할 수 없는 위엄이 실려 있었다. 화군악은 마치 황실의 공주나 황후를 대하는 것과 같은 기분이 들었다.

화군악은 말없이 임가흔에게 가까이 다가갔다. 물론 그녀가 가리킨 침상 옆자리에 앉지는 않았다.

임가흔은 고개를 들어 화군악을 올려다보며 물었다.

"혹시 제 증조할머니께서 해남을 떠나 강호에 가신 이유를 알고 계세요?"

"모릅니다."

화군악은 고개를 저었다.

"실은 워낙 견문이 짧아서 자하신녀문이라는 문파도 오늘 처음 들어봅니다."

"그런가요?"

임가흔은 배시시 웃으며 말했다.

"증조할머니께서는 자신의 남자를 찾기 위해서 해남을 떠나셨던 거예요."

화군악은 무심한 표정으로 그녀의 말을 들었다.

"사실 우리 자하신녀문의 여인들은 해남검파의 사내들과 연분을 맺고 자식을 낳아 대를 잇거든요."

'해남검파!'

아무리 견문이 짧은 화군악일지언정 해남검파를 모를 수는 없었다.

'놀라운 일이다. 그렇다면 해남검파가 자하신녀문의 씨내리였다는 뜻인데.'

화군악이 그리 생각할 때, 임가흔은 한 점 숨김없이 모든 사실을 이야기했다.

"하지만 그렇게 오랜 세월이 흐르다 보니 결국 해남검파와 자하신녀문은 다 같은 혈족이 되고 말았어요. 그리고 그렇게 혈족끼리 연분을 맺어서 낳게 된 아이들 중에서 정상이 아닌 아이들이 많아지기 시작했죠."

"아……."

화군악은 저도 모르게 얕은 탄성을 흘렸다.

그도 수 대에 걸쳐 이뤄진 근친상간으로 인해 기형아들이 탄생하거나 알 수 없는 돌림병이나 유전병에 걸린다는 이야기를 들어 본 적이 있었다.

그리고 놀랍게도 해남검파와 자하신녀문 또한 그런 상황에 처해 있었던 것이었다.

임가흔의 말은 계속 이어졌다.

"그래서였어요. 증조할머니께서 모처럼 큰 결심을 하시고 강호로 나서신 것은. 강호에서 뛰어난 자질과 훌륭한 성품을 지닌 영웅을 만나 혼인하거나, 설령 혼인은 하지 못하더라도 그 씨를 품어 해남으로 돌아오는 게 당시 증조할머니의 목적이셨거든요."
'허어.'
화군악은 애써 놀란 기색을 감췄다.
들을수록 일반적인 대륙의 상궤(常軌)에 어긋나는 이야기들이었다.
여자가 남자를 고른다는 것부터 시작하여, 씨를 받는 목적으로 강호에 출도했다는 것까지 모두 화군악이 알고 있는 상식과는 그 궤가 달랐다.
어쩌면 해남은 대륙과는 전혀 다른 문화를 지니고 있는 것인지도 몰랐다. 강호에서는 올바른 게 해남에서는 그릇된 것이 될 수도 있었고, 해남에서 올바른 행동이 강호에서는 악행이 될 수도 있었다.
"증조할머니는 성공하셨어요. 정말 기개 넘치고 성품 훌륭하며 뛰어난 자질을 가진 젊은 영웅을 낭군으로 맞이하여 해남으로 돌아오셨거든요. 그리고 제 할머니를 비롯해서 오녀이남(五女二男)의 자식을 가지셨어요."
그렇게 말한 임가흔은 무슨 생각을 했는지 키득거리며 혼자 웃었다. 그러고는 아차 싶었는지 이내 정색하며 말을 이어 나갔다.
"이후로 강호에 나가서 낭군을 구하거나 씨를 잉태하는 건 우리 자하신녀문의 유행처럼 되었어요. 그렇게 바다를 건너갔던 여인들 대부분 목적을 이루고 해남으로 돌아왔지만, 그중 몇몇은 반대로 강호의 사내와 사랑에 빠져서 해남으로 돌아오지 않고 그곳에 정착하기도 했죠."

"으음."

가만히 듣고만 있던 화군악이 모처럼 입을 열었다.

"그렇다면 아가씨도 낭군을 구하기 위해서 강호에 나서신 겁니까?"

"맞아요."

임가흔은 화군악을 쳐다보며 달콤하게 웃었다.

"낭군을 구하거나 혹은 씨앗을 잉태하거나. 그럴 목적으로 이곳 대륙에 발을 디뎌 놓았답니다."

자신을 바라보는 그녀의 눈빛은 한없이 부드럽고 다정했지만, 어쩌면 그래서였을 것이다. 화군악은 지금 왠지 모를 불길한 느낌에 휘감겼다.

꿀꺽.

그 불길한 느낌에 화군악이 저도 모르게 마른침을 삼킬 때였다.

임가흔이 배시시 웃으며 말했다.

"그런데 화 대협께서 저를 구하시기 위해 어쩔 수 없이 제 순결을 가져가셨다고요?"

화군악의 심장이 철렁 내려앉았다.

6장.
자하신녀문(紫霞神女門)

그랬다.
지금 이 아름다운 여인은 순수하게 그 첫 경험의 기분을 궁금해하는 것이었다.
여러 가지 상반되고 복합적인 감정들이 교차한다는
첫 경험에 대한 호기심으로 가득 차 있었다.
그리고 그 궁금함과 호기심에 대해서
어린아이처럼 솔직하게 이야기하고 있는 것이었다.

자하신녀문(紫霞神女門)

1. 씨내리

해남도에 사는 이들은 려족(黎族)으로 일반 한족과는 전혀 다른 문화와 풍습을 지니고 있었다.

특히 자하신녀문과 남해검파 사람들은 대륙의 일반적인 사고방식으로는 쉽게 이해하기 어려운 생각과 행동을 하였는데, 그로 인해 강호에서는 남해검파가 사파(邪派)의 무리라는 인식이 생길 정도였다.

하지만 그건 어디까지나 대륙 사람들의 관점에서 그렇게 보일 따름이었다. 자하신녀문이나 남해검파 사람들 측에서 보자면 외려 대륙 사람들의 사고방식이나 행동 습관이 전혀 이해되지 않았다.

부부의 관계를 맺거나 자식을 갖는 문제도 그런 것들 중 하나였다.

그들은 성적(性的)인 면에서 상당히 개방적인 사고방식을 지녔다. 또한 모계(母系)를 따라 대(代)를 잇기에 사내보다는 여인의 발언권이나 영향력이 더 컸다.

대륙에는 일부다처(一夫多妻)의 문화가 있듯이, 해남에는 일처다부(一妻多夫)의 문화가 있었다.

사내가 기루를 찾아가 여러 기녀와 잠자리를 갖는 게 특별하지 않은 대륙과는 반대로, 여인이 여러 사내와 잠자리를 가져도 문제 될 게 없는 곳이 해남이었다.

하지만 임가흔의 경우는 조금 달랐다.

그녀는 반드시, 대륙에서 가장 출중하고 뛰어난 사내와 혼인을 하거나 혹은 그의 씨를 받아야 했다.

화군악이 밀희흡정체술을 펼친다고 했을 때 백고와 애화가 고민했던 건 임가흔의 순결 때문이 아니라 바로 그러한 이유에서였다.

과연 화군악이라는 사내의 씨를 잉태해도 상관없을까 하는 게 그녀들의 고민이었던 것이었다.

* * *

"젠장."

별채를 빠져나와 객잔 탁자에 앉은 화군악은 불쾌한 표정으로 저도 모르게 투덜거렸다.

함께 자리한 담호와 소자양은 긴장한 채로 그를 바라보았고, 만해거사는 한숨을 쉬며 고개를 설레설레 흔들었다.

때마침 점소이들이, 주문한 아침 식사를 가지고 왔다.

"너무 깊게 생각하지 말게."

만해거사가 위로하듯 말했다.

"그쪽 사람들의 사고방식은 우리로서는 좀처럼 이해하기 힘드니까 말이지."

"하지만 아무리 그렇다고 해도 말입니다. 이건 너무하지 않습니까?"

화군악이 볼멘 목소리로 투덜거렸다.

"이건 데릴사위도 아니고, 완전히 씨내리 용도로만 사용하겠다는 거 아니냐 이 말입니다."

"어허."

만해거사가 눈살을 찌푸렸다.

"아이들도 있는데 그게 무슨 소리인가? 대충 하고 얼른 밥이나 먹게."

만해거사의 나지막한 꾸지람에 화군악은 어쩔 수 없다는 표정을 지으며 젓가락을 들었다.

담호와 소자양은 도대체 아가씨의 별채에서 무슨 일이 벌어진 것인지 궁금하다는 얼굴로 서로를 돌아보았다.

하지만 만해거사나 화군악의 표정을 보건대, 함부로 질문할 이야기가 아닌 듯싶어서 그저 고개를 박고 식사에 집중했다.

늦은 아침 무렵이라 그런지 어젯밤과 달리 객잔 안은 한산했다.

어젯밤 이 객잔에 묵었던 손님들 대부분은 아침 일찍 식사를 마치고 길을 떠났다. 악양부까지는 이른 아침부터 서둘러도 며칠은 족히 걸릴 거리였으니까.

그때였다.

"어라? 아직 계셨습니까?"

문득 활달한 목소리가 들려왔다.

말없이 식사하고 있던 만해거사를 비롯한 사람들은 고개를 돌렸다. 어젯밤 자리가 없어서 합석했던 그 산동팔빈 중 세 사람이 그들의 탁자로 다가오고 있었다.

만해거사도 활짝 웃으며 말했다.

"우리야말로 산동팔빈은 이미 아침 일찍 길을 나서신 줄 알았구려."

"하하하. 일이 조금 생겨서 이곳에 더 있게 되었습니다. 마저 식사들 하십시오."

산동팔빈의 세 사내는 만해거사들과 두어 탁자 떨어진 자리에 앉고는 음식을 주문했다.

담호는 힐끗 그들을 바라보았다.

어젯밤과 마찬가지로 여전히 친근하고 유쾌한 모습이기는 했지만, 담호는 만해거사와 인사를 나누는 그들의 표정에서 왠지 모를 위화감을 느꼈다.

그것은 만약 어젯밤의 담호였더라면, 혹은 소자양과 대화를 나누면서 자책하고 반성하기 이전의 담호였더라면, 그래서 보다 세심하게 주의하면서 지켜보지 않았더라면 결코 느낄 수 없는 위화감이었다.

'뭐가 달라진 걸까?'

하지만 정작 담호는 그 위화감이 어디에서 생긴 것인지 알 수가 없어서 곤혹스러워하고 있었다.

어쩌면 만해거사나 화군악은 알고 있을 수도 있겠다 싶어서 담호는 그들을 바라보았지만, 그들 두 사람은 아가씨의 별채에서 있었던 일에 대해 생각하느라 산동팔빈의 위화감을 전혀 눈치채지 못하는 것 같았다.

소자양도 마찬가지였다. 그는 산동팔빈은 거들떠보지도 않은 채 화군악만을 힐끔거리고 있었다.

'잘은 모르겠지만…… 나만이라도 좀 더 경계하고 조심해야겠다. 그게 결국 쓸데없는 일이 될지언정 말이다.'

담호는 그렇게 속으로 생각하며 산동팔빈이 눈치채지 못하도록 주시하고 관찰했다.

이윽고 대화 없는 식사가 끝났다. 만해거사와 화군악이 자리에서 일어났다. 담호와 소자양도 황급히 따라 일어났다.

"이제 악양부로 가시는 겁니까?"

그들이 자리에서 일어나는 걸 본 산동팔빈의 삼빈 고무송이 물어 왔다.

만해거사가 고개를 저었다.

"우리도 예서 할 일이 조금 있어 아무래도 며칠 더 머물러야 할 것 같소."

"아이구. 어쩌면 우리와 사정이 그리 비슷하십니까?"

고무송이 웃는 낯으로 말했다.

"안 그래도 우리 역시 이곳에서 며칠 더 머물러야 할 것 같은데…… 그동안 잘 지내 봅시다."

"허허. 집을 나서면 사해가 친구라 하지 않았소? 잘 지내 봅시다. 아, 참. 어젯밤 식대는 정말 고마웠소."

"별거 아닙니다. 그저 여러분들과 인연을 맺은 걸 기념하는 의미로 내 드린 것뿐입니다. 너무 신경 쓰지 않으셔도 됩니다."

"허허허. 어쨌든 고맙소. 대신 오늘 식대는 우리가 내겠소."

"아니, 그러지 않으셔도……."

만해거사는 사양하는 산동팔빈을 놔둔 채 계산대로 가서 그들의 식사비까지 계산을 끝냈다. 그러고는 산동팔빈을 돌아보며 말했다.

"그럼 먼저 가 보겠소이다."

고무성이 자리에서 일어나 손을 모으며 말했다.
"고맙습니다. 그럼 다음 식대는 우리가 계산하겠습니다."
만해거사가 껄껄 웃으며 말했다.
"그럼 아주 비싼 걸 주문해야겠구려."
고무성도 호탕하게 웃었다.
"거지만 만들지 않으시면 됩니다."

화군악는 별채로 돌아오자마자 곧 자신의 방으로 들어갔다. 아무래도 영 기분이 좋아 보이지 않았다.
남은 이들 중 유일하게 그 속사정을 알고 있는 만해거사는 그 뒷모습을 보고 길게 한숨을 내쉬었다.
소자양이 머뭇거리다가 입을 열었다.
"아가씨의 별채에서 무슨 일이라도 생긴 겁니까?"
만해거사는 고개를 저으며 말했다.
"너희들은 몰라도 된다."
하지만 소자양은 의외로 끈질겼다.
"혹시 자하신녀문과 관계된 일입니까?"
일순 만해거사의 눈이 휘둥그레졌다.
"자하신녀문이라니, 그걸 네가 어찌 아느냐?"
소자양은 어깨를 으쓱거리며 말했다.
"역시 자하신녀문이었군요. 그렇다면 화 숙부를 데릴사위, 아니 아까 말을 들어 보니까 씨내리로 여기는 것도 당연하겠군요."

"허어. 그걸 어찌 알았느냔 말이다."

"자하신녀문과 해남검파의 일에 대해서는 할머니께 들은 적이 있습니다."

"호오."

"그리고 저 여인들이 자하신녀문 사람들이 아닐까 한 건 순전히 제 추측이었습니다."

소자양은 곧 어떻게 그런 추측을 했는지 설명했고, 만해거사는 의외라는 눈빛으로 그를 바라보았다.

"알고 보니 네 녀석, 머리 회전이 빠르구나. 마치 네 사부처럼 말이다."

"과분한 칭찬이십니다."

소자양의 얼굴이 살짝 벌게졌다. 아무래도 강만리와 비견되었다는 것 자체가 뿌듯한 모양이었다.

"흐음. 거기까지 알고 있다면야……."

만해거사는 한숨을 쉬며 입을 열었다.

"그래. 네 말대로 지금 군악은 꽤 발칙한 제안을 받았단다. 대륙의 풍습이나 윤리로 생각하자면 그야말로 어림도 없는 이야기이기는 하지만, 또 저들의 풍습에서 생각하자면 나름대로 일리가 있는 제안이겠지."

만해거사는 그렇게 말하며 입맛을 쩝쩝 다셨다. 소자양과 담호는 만해거사가 그렇게 모호하게 말하는 것이 못내 답답했지만, 그는 더 이상 입을 열지 않았다.

"궁금하면 나중에 너희들의 화 숙부에게 직접 물어보려무나."

만해거사는 그렇게 말하고는 끄응, 하며 자리에서 일어나 제 방으로 돌아갔다.

그렇게 졸지에 둘만 남게 된 담호와 소자양은 그저 멀뚱한 눈으로 서로를 돌아볼 뿐이었다.

2. 제안

"제 순결이 얼마나 귀한 건지 혹시 아세요?"

임가흔의 질문은 당돌했고 직설적이었으며 실로 대답하기 난감했다.

저 아름답고 고귀하며 순수한 그녀가 그렇게 질문을 던져 올지 몰랐던 화군악은 저도 모르게 쿨럭거리며 헛기침을 했다. 강호의 여인이라면 결코 쉽게 입에 올리지 못할 질문이었던 것이었다.

임가흔은 난처해하는 화군악을 보고는 피식 웃었다. 그러고는 훨씬 더 부드럽고 따스한 표정을 지으며 말을 이었다.

"괜찮아요. 제 순결보다 더 귀한 제 목숨을 구해 주셨으니까요. 저는 지금 화 대협을 탓하거나 나무라는 게 아니에요. 그러니까…… 으음, 조금 아쉽고 안타까워서 약간의 투정을 부리고 있는 거예요."

화군악의 눈이 동그랗게 변했다.

'조금 아쉽고 안타깝다니, 뭐가?'

화군악의 뇌리에 그런 의문이 드는 순간, 마치 임가흔은 그 속을 들여다본 것처럼 이야기했다.

"다른 사람들, 그러니까 이미 경험한 적이 있는 사람들의 이야기를 들어 보면 그때처럼 가장 짜릿하고 흥분되고 아프고 기쁘고 슬프고 행복하며 황홀했던 적이 없다고 해서요. 저도 첫 경험만큼은 꼭 그런 느낌을 받고 싶었거든요."

"쿨럭, 쿨럭."

화군악은 다시 한번 기침해야 했다. 임가흔은 한숨을 쉬며 말을 이었다.

"그런데 아쉽게도 정신을 잃은 상태에서 그 첫 경험을 했으니…… 도대체 뭐가 그렇게 기쁘고 슬프고 아프고 안타까운지 알 도리가 없게 되었잖아요? 그게 아쉽다는 거예요."

화군악은 애써 침착하고자 하면서 그녀의 얼굴을 바라보았다.

창백하다 못해 투명한 살결처럼 한없이 순수하고 맑고 깨끗한 표정이었다. 음탕하거나 음란하거나 하는 불쾌한 끈적임은 한 점도 찾아볼 수가 없는 표정이었다.

그랬다.

지금 이 아름다운 여인은 순수하게 그 첫 경험의 기분을 궁금해하는 것이었다.

여러 가지 상반되고 복합적인 감정들이 교차한다는 첫 경험에 대한 호기심으로 가득 차 있었다. 그리고 그 궁금함과 호기심에 대해서 어린아이처럼 솔직하게 이야기하고 있는 것이었다.

과연 그 솔직함을 탓해야 하는 걸까.

솔직함을 감추고 모호한 표현을 사용하는 게 과연 미덕(美德)이고 예의일까.

화군악은 그건 아니라고 생각했다.

제 감정에 솔직하지 못한 채 그저 오로지 상대가 알아주기만을 바라는 것보다는, 부끄럽고 창피하더라도 혹은 상대가 실망하게 되더라도 솔직하게 제 감정과 기분을 이야기하는 게 백배 낫다고 생각했다.

그리고 사실 사람과 사람의 관계, 신뢰와 우정과 사랑의 모든 관계는 그 솔직함에서 비롯되어야만 비로소 올바른 관계라고 할 수 있었다.

그래서 화군악은 평소와 달리 적어도 이 임가흔이라는 아가씨를 상대할 때만큼은 최대한 솔직하게 이야기하자고 생각했다.

"아가씨께서 원하신다면……."

화군악은 그녀를 똑바로 바라보며 말했다.

"아가씨께서 놓치신 그 첫 경험을 경험케 해 드릴 수 있습니다."

일순 임가흔의 동그란 눈이 더욱더 동그랗게 변했다. 자신을 빤히 쳐다보는 그녀의 눈길에 화군악의 얼굴이 살짝 붉어졌다.

괴이한 일이었다.

일반적으로 이런 이야기를 할 때면 여인들이 얼굴을 붉히고 부끄러워해야 할 터인데 지금은 외려 화군악이 부끄러워 차마 그녀를 똑바로 바라볼 수가 없었고, 정작 임가흔은 그저 눈만 말똥말똥 뜨고 있었다.

"그 말씀은……."

임가흔이 진지한 얼굴로 물었다.

"내 아이의 아버지가 되어 주시겠다는 뜻인가요?"

순간 화군악의 얼굴이 굳어졌다. 임가흔은 여전히 농담기 하나 없는 얼굴로 다시 물었다.

"그게 아니라면 내 씨내리가 되어 주실 건가요?"

일순 화군악의 뇌리에 조금 전 그녀가 했던 말이 떠올랐다.

―낭군을 구하거나 혹은 씨앗을 잉태하거나. 그럴 목적으로 이곳 대륙에 발을 디뎌 놓았답니다.

화군악의 눈빛이 차갑게 가라앉을 때, 임가흔은 어깨를 으쓱거리며 말을 이었다.

"나는 아무 쪽이나 상관없어요. 이왕이면 내 아이의 아버지가 되어서, 혹시라도 모를 아들을 낳게 된다면 그 아이를 직접 키워 주시는 것도 나쁘지 않다고 생각해요. 하지만 대륙을 떠나 해남에서 함께 살아가기가 어렵다면 그저 씨내리로도 만족해요. 화 대협 정도라면 그래도 적당하다고 생각하고 있어요. 그건 백고나 애화도 수긍한 부분이거든요."

"허어."

화군악은 참다못해 탄식을 내뱉었다.

솔직하다는 건 나쁜 일이었다. 상대를 배려하지 않는 솔직함은 상대를 충분히 모욕하고 비난하고도 남았다. '나는 솔직하니까.'라는 것으로 당위성을 찾기에는 상대방이 받는 충격과 고통이 너무 컸다.

화군악은 길게 한숨을 내쉬는 것으로 솟구치는 분노를 가라앉힌 후 피식 웃으며 말했다.

"씨앗을 구하려면 나보다 더 뛰어난 인재를 찾는 게 나을 것 같구려."

목소리는 물론 말투도 변했다.

하지만 이 순진무구한 아가씨는 그 변화를 감지하지 못했다. 화군악이 화를 참고 있다는 사실도 알지 못했다.

당연한 일이었다. 자신은 선의에서 솔직하게 말했을 뿐인데, 그걸 가지고 상대방이 화를 내거나 분노를 터뜨릴 이유가 어디 있겠는가.

임가흔은 여전히 진지한 표정을 지은 채 고개를 끄덕였다.

"맞아요. 사실 시간이 넉넉하다면 화 대협보다 훨씬 조건이 좋은 협객의 씨를 받아들였을 거예요."

'허어, 갈수록 태산이군그래.'

화군악은 화가 나다 못해 이제는 어이가 없어졌다. 그는 임가흔이 도대체 어디까지 나가는지 한번 지켜보자는 심산으로 그녀의 말을 기다리며 팔짱을 끼었다.

임가흔이 계속해서 말했다.

"하지만 아쉽게도 내게는 시간이 그리 많지 않아요. 어머니께서 편찮으시거든요. 돌아가시기 전에 손녀를 꼭 보고 싶다고 하셔서…… 그래서 서둘러 강호에 나섰다가 그만 봉변을 당하고 말았답니다."

"허어, 그랬구려."

"내 생각 같으면 그냥 언니나 동생에게 후사를 맡기고 검에 매진하고 싶은데, 아무래도 어르신들 생각은 다른가 봐요. 검후의 대(代)는 검후로 이어져야 한다는 게 그분들의 생각이거든요."

"오호, 그러셨소?"

"네. 사실 어찌 보면 고리타분한 사고일지도 몰라요.

하지만 그렇게 수백 년 세월을 이어 왔으니까. 헤헤, 원래 전통과 고리타분한 건 함께하는 법이잖아요?"

"맞소. 확실히 아가씨의 말이 옳소."

화군악이 고개를 끄덕이며 대꾸했다.

임가흔은 문득 입을 다물고는 가만히 그를 쳐다보았다. 그러다가 문득 배시시 웃는 낯으로 입을 열었다.

"지금 보니까 우리 두 사람 정말 대화가 잘 통하네요. 생각도 비슷하고 보는 관점도 같은 것 같고요."

'진짜?'

화군악은 내심 눈을 휘둥그레 떴다.

'내가 한 말은 그랬구려, 그러셨소? 아가씨의 말이 옳소. 이것뿐인데 대화가 잘 통한다고? 서로의 생각과 보는 관점이 비슷하다고?'

화군악은 어이가 없어서 그만 웃고 말았다. 임가흔은 그의 웃음을 오해한 듯 따라 웃었다.

"그렇죠? 내 말이 맞죠?"

"하하하! 그렇소. 확실히 아가씨의 말이 맞소."

"그럼 가산점까지 붙는 거네요. 화 대협 정도의 얼굴에 그만한 실력만이라면 조금 아쉬울 법도 했지만 거기에 가산점까지 붙었으니 이제는 전혀 아쉬울 게 없어요. 그러니까 내 아이의 아빠가 되어 주세요."

임가흔은 웃으며 말했다.

"푸하하하!"

화군악은 한참이나 웃다가 갑자기 정색했다. 그러고는 서늘한 눈빛으로 그녀를 내려다보며 무뚝뚝하게 말했다.

"싫소."

3. 양물(陽物)을 잘라 내고 싶은

"네?"

임가흔의 눈이 휘둥그레졌다.

자신의 제안이 거절당할 거라고는 전혀 몰랐다는 표정이 그녀의 얼굴 가득 담겨 있었다.

"왜죠?"

임가흔은 화군악의 대답이 믿어지지 않는다는 듯 그렇게 물었다.

화군악은 길게 한숨을 내쉬고는 또렷하게 말했다.

"나는 혼인한 몸이고, 또 이미 한 아이의 아버지요."

"상관없어요. 괜찮아요. 그러니까……."

"아니, 상관있소. 괜찮지 않소."

화군악은 손을 저으며 그녀의 말을 잘랐다.

"산들바람처럼 가벼운 유흥이나 한두 번의 바람이야 상관없고 또 괜찮을 수 있을 것이오. 하지만 내 아이를 버리고 다른 아이의 아버지가 된다거나 내 아내를 두고 다른 여인의 남편이 될 수는 없소."

"알고 보니 화 대협도 고리타분한 사고방식을 가지고 계셨군요."

"그걸 고리타분하다고 말한다면 그렇소, 나는 확실히 고리타분한 사람이오. 그러니 나보다 훨씬 잘생기고 무공이 뛰어난 젊은 사내를 찾아보시오."

"아."

임가흔은 그제야 알겠다는 표정을 지으며 고개를 끄덕였다. 그러고는 한없이 깨끗하고 순박한 미소를 지으며 입을 열었다.

"그러니까 내가 그런 말을 했다고 삐친 건가요? 그건 마음에 두지 마세요. 사실 화 대협이라면 충분히……."

"삐친 게 아니오. 제정신으로 돌아왔을 뿐이지. 어쨌든 몸조리 잘하시오. 막 병상에서 일어났으니 말이오. 그럼 나는 이만 물러가리다. 아, 주신다는 황금 만 냥 잘 받겠소. 이왕이면 오늘 안에 주셨으면 좋겠구려. 워낙 사정이 급해서 내일 아침 일찍 이곳을 떠나야 하니 말이오."

화군악은 빠르게 말한 후 그보다 빠르게 방을 빠져나왔다. 복도에 서 있던 백고와 애화와 눈이 마주쳤지만 화군악은 인사조차 제대로 하지 않은 채 그녀들 사이를 비집고 별채를 나섰다.

별채 밖 하늘은 맑고 공기는 깨끗했다.

하지만 화군악은 표현할 수 없는 울분으로 속이 터질 것만 같았다.

"퉤엣!"

그는 크게 고함이라도 치고 싶은 걸 억지로 참으며 대신 가래침을 뱉었다.

그녀의 아랫도리 깊숙한 곳을 한 번 더 맛보고 싶어서 주책맞게 불끈거렸던 자신의 양물을 송두리째 잘라 내고 싶은 기분이었다.

* * *

자신의 제안은 거절당했지만 그걸 두고 앙심을 품을 임가흔은 아니었다. 그리고 애화가 화군악의 별채로 찾아온 건 임가흔이 했던 약속을 지키기 위함이었다.

"아가씨께서 말씀하셨던 감사의 표시입니다."

애화는 황금 만 냥 대신 구슬 하나를 꺼내 탁자에 올려 두었다.

일순 화군악의 눈이 커졌다. 만해거사도 놀란 눈빛이었다. 반면 담호와 소자양은 그게 얼마나 대단한 것인지 몰라 살짝 어리둥절한 표정을 지었다.

"묘안주(猫眼珠)구려. 그것도 꽤 상등품에 속하는."

화군악은 과거 십만대산에서 취몽월영의 유품을 찾아냈고, 또 여러 장사꾼에게 그 유품들을 판 적이 있어서 저 구슬의 가치가 얼마나 대단한지 잘 알고 있었다.

 주먹만 한 크기의 묘안주는 최소한 황금 오만 냥 정도는 하는 물건이었다. 은자로 치자면 백만 냥 이상의 가치를 지닌 보주(寶珠)였다.

 화군악은 가볍게 눈살을 찌푸리며 말했다.

"미안하지만 거스름돈을 가지고 있지 않소."

 애화가 고개를 저으며 말했다.

"아뇨. 거스름돈은 필요 없어요. 아가씨께서 이 구슬을 전해 드리라고 하셨어요. 혹시라도 일전의 일로 아기씨를 잉태할 수 있으니…… 그 사례까지 포함하셨다고 말씀하셨어요."

 애화는 전혀 부끄러운 기색 없이 사무적으로 말했다.

 반면 정작 사내들은 달랐다. 담호와 소자양은 고개를 들지 못했고, 만해거사는 연거푸 헛기침을 흘렸다.

 하지만 화군악은 담담한 표정으로 말했다.

"고맙소. 감사히 받으리다."

"그럼 이만."

 애화가 자리에서 일어났다. 화군악과 만해거사들이 따라 일어섰다.

 객청 밖으로 나가려던 애화는 무슨 생각을 했는지 일순

머뭇거리다가 걸음을 멈췄다. 그러고는 화군악을 돌아보며 입을 열었다.

"잠시 밖에서 뵐 수 있을까요?"

"나요?"

"네, 화 대협이요."

화군악은 어리둥절한 표정을 지었으나 곧 고개를 끄덕이며 말했다.

"그럽시다."

화군악은 애화와 함께 밖으로 걸어 나갔다.

"무슨 일일까요?"

소자양이 궁금하다는 듯이 물었다. 만해거사는 빈 장죽으로 등을 긁으며 말했다.

"그걸 내가 어찌 알겠느냐? 궁금하면 가서 엿듣든가."

"그래도 될까요?"

소자양이 머뭇거리면서 객청 문 쪽으로 가려던 찰나, 객청 밖에서 화군악의 호탕한 웃음소리가 들려왔다.

"푸하하하하!"

소자양이 움찔거리며 황급히 제자리로 돌아왔다.

잠시 후 화군악이 여전히 웃는 낯으로 객청에 들어섰다. 성큼성큼 객청을 가로질러 탁자 앞에 앉은 그는 도저히 참을 수 없다는 듯 담호를 향해 말했다.

"아무래도 안 되겠구나. 미안하지만 객잔에 가서 술 한

동이 가져오너라."

담호가 벌떡 일어나며 물었다.

"안주는 뭘로 할까요?"

"필요 없다. 술이면 된다."

"네, 바로 다녀오겠습니다."

담호는 서둘러 객청을 빠져나갔다.

빠른 걸음으로 객잔을 향해 달려가던 그는 문득 고개를 돌렸다. 별채와 별채를 잇는 월동문 저편으로 막 애화가 사라지는 뒷모습이 보였다.

확실하지는 않지만 왠지 어깨가 축 늘어져 있는 것 같아 안타까워 보였다.

'무슨 대화를 나눴을까?'

담호는 궁금증과 호기심을 뒤로한 채 서둘러 객잔으로 들어섰다.

"아이고. 오셨습니까, 공자님?"

점소이가 활짝 웃으며 그를 반겼다. 담호가 빠른 목소리로 주문했다.

"죽엽청 한 동이 주세요. 안주는 필요 없어요."

"네. 바로 가져다 드립죠."

"아뇨, 제가 들고 갈게요."

담호는 계산대에 앞으로 다가가 술값을 계산하며 말했다.

그때였다.

"허허. 그 나이에 죽엽청 한 동이나 마시다니. 알고 보니 대단한 술꾼이었구나."

묵직한 목소리가 담호의 등 뒤에서 들려왔다.

담호는 고개를 돌렸다. 계산대 바로 앞의 탁자에는 세 명의 중년인이 술과 안주를 놓고 대화를 나누고 있었다.

그들을 본 담호가 허리를 숙였다.

"산동팔빈 어르신들이셨군요. 미처 알아뵙지 못해서 죄송합니다."

산동팔빈의 셋째 고무송이 너털웃음을 흘리며 말했다.

"죄송하기는. 그래, 누구 심부름을 오셨나 보지?"

"네. 화 숙부께서 술을 마시고 싶으시다고 하셔서요."

"호오. 뭔가 속상하거나 화가 난 모양이로군그래. 안주도 없이 술만 마시겠다고 한 걸 보면 말이지."

확실히 경험 많고 노련한 강호인답게 고무송은 담호의 주문만으로도 화군악의 심리 상태를 제대로 추측하고 있었다.

"네. 그게……."

담호는 사정을 설명하려다가 얼른 입을 다물었다. 개인적인 이야기까지 주고받을 정도로 그들과 친하지 않다는 생각이 언뜻 들었기 때문이었다.

7장.
친구는 가까이, 적은 더 가까이

보이지 않는 곳에서 꾸민 일은 대비할 수가 없다.
눈에 보이는 곳에서 움직이는 건 얼마든지 대처할 수 있다.
그러니 항상 눈에 보이는 곳에 적을 두고 그 움직임을 지켜보는 게,
그렇지 않은 것보다 훨씬 낫다는 게 바로 그 경구의 의미였다.

친구는 가까이, 적은 더 가까이

1. 될성부른 떡잎

담호의 망설임을 눈치챘을까.
고무송은 자연스럽게 화제를 돌렸다.
"그나저나 혼자서 술 한 동이를 다 마시면 아무래도 오늘은 길을 나서지 못할 것 같군그래."
"네. 아무래도 내일 출발할 것 같아요."
담호의 대답에 고무송은 눈을 휘둥그레 뜨며 제 무릎을 탁! 쳤다.
"허어! 이리 공교로운 일이 다 있나? 우리도 마침 내일 출발하려고 하는데 말이지. 그럼 여건이 되면 동행하는 건 어떤가? 아직 여정이 남아 있으니 서로 말벗도 되고 말이야."

 고무송의 제안이 담호는 난색을 취했다.

 "그게…… 제가 결정할 수 있는 게 아니라서 말입니다."

 "그렇겠지? 그럼 가서 만해 어르신이나 화 대협께 말씀드려 보게나. 산동팔빈이 정중하게 동행을 요청했다고 말이네."

 "네. 그리 전하겠습니다."

 담호가 그리 말할 때였다. 점소이가 창고에서 술 항아리를 들고 나왔다.

 담호는 고무송들을 향해 인사한 다음 서둘러 그 술 항아리를 받아 들고 객잔 뒷문으로 빠져나갔다.

 고무송이 잔잔한 눈빛으로 그 뒷모습을 지켜보다가 문득 길게 한숨을 내쉬며 고개를 저었다.

 "자질이 뛰어난 데다가, 어렸을 적부터 하루도 빼먹지 않고 제대로 수련한 티가 나는군그래. 저대로 십 년 정도 지난다면 강호에 그 적수가 없을 것 같아."

 그러자 다섯째 황대보가 눈살을 찌푸리며 말했다.

 "강호에 그 적수가 없을 거라니, 아무래도 너무 과한 평가가 아닙니까?"

 일곱째 오중은이 맞장구를 쳤다.

 "그럼요. 어렸을 적 반짝하다가 그대로 사라지는 후기지수가 얼마나 많은데요."

고무송은 두 아우를 돌아보았다. 그러고는 농담하듯 빙긋 웃으며 말했다.

"과연 그럴까? 저 아이가 유성(流星)처럼 한순간 반짝하다가 사라지는, 그런 평범한 후기지수일까?"

"형님은 그리 생각하지 않으시나 보네요."

"그래. 나는 자네들과 다르게 생각하네. 만약 내일모레, 혹은 일이 년 사이에 목숨을 잃지 않고 지금 저 상태로 꾸준히 성장한다면 서른 살이 되기 전에 당대제일고수(當代第一高手)로 손꼽힐 거야."

"흐음."

고무송의 말을 들은 두 아우의 표정이 사뭇 진지하고 심각해졌다.

그들은 자신의 의형이 평소 유쾌하고 떠들썩하며 농을 잘하는 걸 익히 잘 알고 있었지만, 이런 식으로 사람을 평가할 때는 그 어느 때보다도 냉정하고 예리하게 판단한다는 사실도 잘 알고 있었다.

"그렇다면 역시……."

황대보가 심각한 표정을 지은 채 말꼬리를 흐렸다.

"그래."

고무송이 길게 한숨을 내쉬며 고개를 끄덕였다.

"계획대로 될성부른 싹은 미리 자르는 게 좋겠지. 저 아이에게나 우리에게나 강호 무림인들에게나 모두 좋은 일이 될 테니까."

황대보와 오승은은 말없이 술잔을 들었다.

물론 담호는 산동팔빈이 자신을 어떻게 평가하는지 알 리가 만무했다. 그리고 그들이 자신의 미래까지 정해 둔 사실 또한 전혀 알지 못했다.

단숨에 객잔 후원을 지나 별채로 돌아간 담호는 탁자 위에 커다란 술동이를 올려 두었다.

그러고는 담호가 술을 따를 대접을 찾기 위해 몸을 돌리는 순간, 화군악은 두 손으로 번쩍 술동이를 들고 벌컥벌컥 들이켜기 시작했다.

마치 거대한 두꺼비가 항아리의 물을 들이마시는 것처럼 화군악은 쉬지 않고 술동이를 비워 냈다.

담호의 눈이 휘둥그레졌다. 그는 대접을 가져올 생각도 잊어버린 채 그대로 자리에 주저앉았다. 소자양도 놀란 눈으로 화군악을 바라보았다.

이윽고 화군악이 거칠게 술동이를 탁자에 내려놓았다. 쿵! 하는 소리와 함께 배불리 먹은 자의 트림이 그의 입에서 흘러나왔다.

"끄윽."

만해거사가 웃으며 말했다.

"천천히 마시게. 그러다 체할라. 술에 체하면 약도 없으니까 말일세."

화군악이 만해거사를 향해 눈을 흘겼다.

소자양이 눈치를 보다가 담호의 옆구리를 툭 쳤다. 담호가 돌아보았다. 소자양이 한쪽 눈을 찡긋거리며 붕어처럼 입을 뻐끔거렸다.

담호는 난색을 취하며 고개를 저었다. 소자양이 재차 담호의 옆구리를 쳤다. 담호는 살짝 눈살을 찌푸리며 다시 고개를 흔들었다. 소자양은 지지 않고 다시 그의 옆구리를 쳤다.

"뭐 하는 게냐?"

만해거사의 목소리에 소자양이 움찔거렸다. 그러고는 아무런 일도 없었다는 듯 눈을 동그랗게 뜨며 만해거사를 돌아보았다.

"뭐가요, 만해 할아버지."

만해거사는 눈살을 찌푸리며 말했다.

"다 봤다. 네 녀석들의 행동 말이다."

소자양은 머뭇거리면서 담호를 돌아보았다. 그러고는 어쩔 수 없다는 듯이 입을 열었다.

"담호가 화 숙부께 뭔가 물어볼 게 있다고 해서요."

막 술동이를 집으려던 화군악이 동작을 멈추고는 담호를 바라보며 물었다.

"내게 물어볼 게 있다고?"

담호는 속으로 한숨을 내쉬었다.

'정말 저 형님 때문에 못살겠다니까.'

담호는 슬쩍 소자양을 노려보고는 머쓱한 표정을 지으며 입을 열었다.

"조금 전 객청 밖에서 애화 누나와 무슨 말씀을 나눴는지 궁금해서요."

"아."

화군악은 그제야 알겠다는 듯이 피식 웃었다. 그러고는 소자양을 돌아보며 물었다.

"그게 그토록 궁금했더냐, 자양아?"

자신의 잔꾀가 성공했다는 사실에 내심 의기양양해하던 소자양이 화들짝 놀라며 물었다.

"그걸 어찌 아셨습니까?"

"네 녀석들의 행동은 보지 않아도 훤히 보인다. 안 그렇습니까, 만해 사부?"

"허허. 그렇지. 자네와 예추가 그러했던 것처럼 말이야."

"아이고. 왜 또 우리까지 끌어들이십니까?"

"자네나 예추는 몰랐겠지만 우리 또한 보지 않아도 다 보였거든. 자네들이 그렇게 치고받고 노는 모습이 말이지."

"우리요?"

화군악이 의아한 표정을 지으며 묻자 만해거사는 희미한 미소를 지으며 대답했다.

"유 늙은이 말이야. 그 친구가 살아 있을 때의 자네들 모습이, 지금 딱 담호와 자양 모습이거든."

죽은 유 노대까지 꺼내자 화군악은 마땅히 대꾸할 말이 생각나지 않아 머리를 긁적였다. 그러고는 천천히 고개를 끄덕이며 입을 열었다.

"확실히 나이가 들면 젊었을 때는 보이지 않던 것들이 보이나 봅니다."

만해거사가 인상을 쓰며 말했다.

"어허. 감히 내 앞에서 나이 운운하다니. 자네는 아직 그럴 나이가 되지 않았네."

"맞습니다, 화 숙부."

소자양이 맞장구를 치며 말했다.

"화 숙부는 아직 한참 젊으시니까요. 밖에 나가면 우리 또래라는 소리를 들으실걸요?"

화군악이 눈살을 찌푸리며 중얼거렸다.

"어째 처음과 달리 갈수록 네게서 내 못된 모습만 보이는 것 같구나."

"헤헤. 칭찬 감사합니다."

"비아냥을 칭찬으로 받아들이는 그것도 말이다."

화군악의 말에 만해거사가 너털웃음을 흘렸고, 소자양도 머쓱하게 웃었다. 담호도 덩달아 따라 웃었다. 화군악도 어쩔 도리 없다는 듯이 쓰게 웃었다.

그렇게 모든 이들이 한바탕 웃음을 터뜨리자, 조금 전까지 객청 가득 내려앉았던 음울한 분위기가 소리 없이 사라졌다.

"무슨 대화를 했느냐면 말이다."

화군악은 정색하며 입을 열었다.

"그녀가 갑자기 그러더구나. 자신에게 아기씨를 줄 수 없겠느냐고 말이다."

"네?"

"뭐라고요?"

"흐음."

담호와 소자양은 깜짝 놀란 표정이었지만, 만해거사는 그럴 줄 알았다는 듯 고개를 끄덕였다.

화군악은 한숨을 내쉬며 말을 이었다.

"아가씨의 낭군이 되기에는 부족할지 몰라도, 자신의 낭궁으로는 차고 넘친다면서 말이지. 만약 원한다면 오늘 밤 자신들의 별채로 오라지 뭐냐?"

"헤에."

소자양은 부럽다는 눈빛으로 화군악을 바라보며 입을 열었다.

"그래서, 가시겠다고 하셨겠죠, 당연히? 아얏!"

군침을 삼키며 그렇게 물어보던 소자양은 느닷없이 머리를 울리는 통증에 비명을 지르며 두 손으로 머리를 감쌌다. 언제 때렸는지도 모르게, 화군악이 소자양의 머리에 꿀밤을 먹인 것이었다.

2. 그가 맞습니까?

"참, 아까 술을 가지러 갔을 때요."
분위기가 진정된 후 담호가 마침 생각났다는 듯이 말을 꺼냈다.
"산동팔빈의 고 대협께서 내일 악양부로 떠나신다고, 우리와 함께 가는 건 어떻겠냐고 하셔서요. 함께 말벗이나 하면서 가자고 하시던데요."
일순 화군악이 눈살을 찡그렸다.
"우리가 내일 출발한다는 걸 그들이 어찌 알고?"
담호의 얼굴이 살짝 붉어졌다.
"그, 그게…… 제가 말했어요."
"쯧쯧. 그 능구렁이의 노련한 언변에 당한 게로구나."
만해거사가 혀를 차며 말했다.
"그리 민망해할 것 없다. 그자의 그 떠들썩하고 화려하며 유쾌한 언변에 휘말리다 보면 저도 모르게 하지 않아야 할, 하지 말아야 할 이야기까지 다 하게 되니 말이다. 단지 앞으로는 입을 열어 말하기 전에 한 번 더 생각하고 조심하면 된다. 알겠느냐?"

"명심하겠습니다, 할아버지."

담호가 고개를 푹 숙이며 대답하자, 소자양이 담호 편을 든답시고 입을 열었다.

"우리가 내일 출발한다는 게 그렇게 큰 비밀은 아니잖아요? 만약 중요한 비밀이었다면 담호도 절대 말하지 않았을 겁니다."

"큰 비밀이니, 작은 비밀이니 그런 것들이 중요한 게 아니란다."

만해거사는 어린아이에게 설명하듯 자상하게 말했다.

"중요한 건 굳이 하지 않아도 될 이야기는 할 필요가 없다는 것에 있단다. 내 손안에 감춰진 패는 설령 그게 한없이 대수롭지 않은 패라 할지언정 무조건 많으면 많을수록 좋은 법이니까 말이다."

소자양은 저도 모르게 고개를 끄덕였다.

만해거사는 다시 담호를 돌아보며 말을 이었다.

"산동팔빈이 유명한 협객이라고는 하지만, 사실 그래서 더 문제가 될 수가 있단다. 협객에게 있어서 무림 공적은 반드시 섬멸해야 할 대상이니 말이다."

일순 소자양은 뭔가 떠오른 듯한 표정을 지으며 입을 벌렸다.

"설마 그들이……."

만해거사는 고개를 저었다.

"글쎄다. 그들이 우리의 신분을 알아차렸는지는 모르겠지만 어쨌든 조심하는 게 최고지."

"안 그래도 수상쩍은 면이 없지 않았으니까 말이지."

화군악이 만해거사의 뒤를 이어 소자양에게 설명했다.

"바로 출발한다던 자들이 갑자기 일정을 변경하여 며칠 더 이곳에서 묵겠다고 하더니, 이번에는 또 내일 출발하는 것으로 다시 일정을 바꿨단 말이다. 마치 우리의 일정과 딱 맞춰서 움직이려는 것처럼 말이지."

소자양이 불안한 얼굴로 말했다.

"역시 화 숙부의 신분이 들통난 모양입니다."

"아무래도 그럴 가능성이 크다고 생각해야 할 것이다."

담호가 조심스레 물었다.

"그럼 동행하자는 제의는 거절해야 할까요?"

"무슨 소리? 당연히 함께 움직여야지."

화군악은 빙긋 웃으며 말했다. 그의 대답에 담호는 물론 소자양도 어리둥절한 표정을 지었다.

"방금 화 숙부께서는 그들이 우리 신분을 알고 있을 거라고 하셨잖습니까? 그런데도 그들과 동행을 한다고요? 만에 하나 그들이 기습을 펼치기라도 한다면……."

"그래. 그걸 기다리는 게다."

소자양의 걱정에도 불구하고 화군악은 당연하다는 듯

말했다.

"아예 보이지 않는 곳에서의 기습은 확실히 상대하기 힘들고 어렵다. 하지만 뻔히 눈에 보이는 곳에서의 기습은 미리 단단히 대비하고 있다면 얼마든지 막아 낼 수 있으니까."

"아……."

"아!"

담호와 소자양은 동시에 탄성을 흘렸다. 새삼스레 눈이 뜨이는 기분이었다.

화군악이 어깨를 으쓱거리며 말을 이었다.

"그래서 '친구는 가까이, 적은 더 가까이 두라'는 경구(警句)가 있는 게다."

보이지 않는 곳에서 꾸민 일은 대비할 수가 없다. 눈에 보이는 곳에서 움직이는 건 얼마든지 대처할 수 있다.

그러니 항상 눈에 보이는 곳에 적을 두고 그 움직임을 지켜보는 게, 그렇지 않은 것보다 훨씬 낫다는 게 바로 그 경구의 의미였다.

"그럼 가서 우리는 내일 아침 일찍 떠나니까 일정에 맞춰 달라고 하겠습니다."

담호의 말에 화군악이 고개를 끄덕였다.

"그래. 그렇게 전하면 된다."

담호가 자리에서 일어났다. 아직도 객잔에서 술을 마시

고 있을 산동팔빈을 만나러 가려는 것이었다.

* * *

"그가 맞습니까?"
"그가 맞다."
"확실히 그가 무림오적의 화군악이라는 자입니까?"
"오대가문이 무림 명숙들에게만 따로 보낸 용모파기가 있다. 자네들은 마침 그 자리에 없어서 보지 못했지만 나와 대형, 둘째 형이 똑똑히 확인했다. 그 간담 서늘하게 빛나던 눈빛의 사내는 확실히 무림오적의 화군악이라는 자다."

"으음. 그것참 대단한 배짱을 가진 친구로군요. 전 무림이 자신들을 뒤쫓고 있는데도 불구하고 이렇게 어슬렁거리며 강호를 활보하다니 말입니다."

"그렇다면 이제 어찌할 생각이십니까? 들리는 바에 따르자면 무림오적 개개인의 무위가 무림십왕에 견줘도 손색이 없다고 하던데…… 우리 셋으로 가능하겠습니까?"

"곤란하지 않을까? 화군악도 화군악이지만 그 만해거사라는 늙은이도, 또 두 청년 중 한 녀석도 상당한 실력을 지닌 것 같으니까. 역시 우리 힘만으로는 벅찰 것 같다."

"으음, 그 정도로 놈이 강합니까?"

"나이가 어려 보인다고 해서 과소평가하지 말게. 검왕도 그들과 싸우다가 중상을 입었으니까."

"하지만 그때 이야기를 들어 보면 무림오적의 세 명이 달라붙었다고 하던 것 같은데요?"

"그런 뜬소문은 믿지 말게. 한 사람에게 검왕이 패했다는 게 알려진다면 세상 모든 사람이 충격에 빠질 테니까. 그래서 삼 대 일로 싸웠다고 이야기하는 것이네."

"그 말씀, 사실입니까?"

"그래. 태극천맹의 고위 관계자에게서 들은 이야기일세. 술에 잔뜩 취해 한 말이었지만, 그 말을 할 때 유독 비분강개(悲憤慷慨)한 표정을 짓더군. 천하의 검왕이 그깟 무림 일개 반도(叛徒) 따위에게 당했다고, 세상이 어찌 돌아가는 거냐고 탄식하면서 말이야."

"아아."

"흐음."

"그러니 절대 과소평가하면 안 되네. 작년인가 재작년인가 수백 명의 무림인이 놈들의 뒤를 따라 유주 너머까지 쫓아갔다가 불과 백여 명밖에 돌아오지 못했잖은가?"

"그럼 이제 어찌하실 생각이십니까?"

"우선 우리가 놈의 정체를 알아차린 것을 숨긴 채 그들과 친하게 지내면서 동태를 살핀다. 만약 그들과 동행할 수 있게 된다면 그보다 좋은 일은 없겠지."

"벗은 가까이 적은 더 가까이 두라, 이 말씀이시군요."

"그렇지. 그렇게 저들과 함께 지내는 한편, 형제들을 이곳으로 부른다."

"역시! 산동팔빈 전원이 모인다면 그깟……."

"그건 아니다. 산동팔빈 전원으로도 확신할 수가 없다. 그러니 우리의 지인 중에서 힘을 빌려줄 만한 고수들에게 도움을 청한다."

"아니, 굳이 그럴 필요가 있습니까? 태극천맹이나 오대가문 쪽에 연락을 취하면……."

"마음에 들지 않거든."

"마음에 들지 않다니, 누가요?"

"태극천맹이나 오대가문 모두 말이다."

"네? 그건 또 왜죠?"

"오대가문이 하는 꼬락서니를 봐라. 여진족이 창궐하고 무림 공적들이 제멋대로 활보하는 이 중차대한 형국에, 무슨 혼인이고 무슨 잔치냔 말이다. 그것도 그 어린 처자를 상대로 말이다."

"아…… 그러니까 농담이 아니라 진짜로 건곤가주가 싫은 거로군요."

"허어. 그런 걸 가지고 내가 농담을 할 것 같더냐? 어쨌든 이 위급한 시절에 제멋대로 구는 오대가문이나 그들을 말리지는 못할 망정 외려 그들의 주구(走狗) 노릇만 하는 태극천맹 모두 마음에 들지 않는다. 그러니 이번 일은 오로지 우리 산동팔빈과 그 동료들만으로 끝낼 것이다."

"그런데 놈들도 악양부로 간다고 하지 않았습니까? 그렇다면 차라리 그곳 일대에서 진을 친 뒤 함정을 파고 기다리는 게 더 나을 것 같습니다만."

"그건 거짓말일 게다. 뻔히 전 무림이 자신들의 뒤를 쫓고 있다는 걸 잘 알고 있을 텐데 굳이 건곤가와 금해가, 무림 영웅들이 모여 있는 악양부로 갈 리 없다. 아까 그들이 했던 말은 우리를 속이기 위한 임시방편일 게 분명하다."

"그렇군요."

"역시 셋째 형님이십니다."

"어쨌든 반드시 놈들의 발을 붙잡아야 한다. 형제들과 동료들이 이곳으로 올 때까지. 만약 그들이 객잔을 떠난다면 어떤 핑계를, 이유를 대서라도 그들과 동행하면서 형제와 동료들에게 위치를 전해 줘야 한다."

"알겠습니다, 형님."

기나긴 대화는 그렇게 끝났다.

그건 산동팔빈 세 사람이 객잔에서 처음 화군악 일행과 합석했던 그날 밤의 일이었다.

3. 그분의 이름

다음 날.

화군악 일행은 새벽부터 짐을 꾸린 후 객잔 문이 열기를 기다렸다.

비라도 쏟아지려는지 아침부터 하늘은 우중충했고 주변은 어두웠다. 바람도 제법 심하게 부는 것이, 마치 폭풍전야와도 같았다.

"산동팔빈에게 잘 이야기했지?"

화군악의 물음에 담호는 고개를 끄덕였다.

"네. 우리가 오늘 아침에 식사를 마치고 떠난다고 했더니 자기네들도 그럴 거라고 하더군요."

"역시."

화군악이 의미심장한 표정을 지으며 중얼거렸다.

"우리의 정체에 대해서 알아차린 게 분명하군."

만해거사가 곰방대를 챙기며 그의 말을 바로잡았다.

"말은 똑바로 해야지. 우리가 아니라 자네 정체가 발각된 게라고."

하기야 무림오적에 관심이 있는 자라면 당연히 화군악이 누구인지는 알 수 있겠지만, 만해거사나 담호, 소자양이 누구인지는 절대 알 수가 없었다.

"뭐, 어쨌든요."

화군악은 투덜거렸고 담호와 소자양은 그 모습을 보고 슬그머니 웃었다.

 잠시 우중충하고 어두컴컴한 창밖을 지켜보던 화군악 일행은 이윽고 아침 식사를 하기 위해서, 그리고 여행 도중 먹을거리를 구하기 위해서 객청을 나서 객잔으로 향했다.

 "아, 잠시만요."

 화군악이 정원 중간에서 걸음을 멈추며 말했다.

 "자하신녀문 사람들과 잠깐 이야기할 게 있어서요. 먼저 가서 제 것까지 주문해 놓으세요."

 "그러지."

 만해거사는 담호와 소자양과 함께 객잔으로 들어섰다. 막 객잔 뒷문으로 들어서던 소자양이 도저히 궁금함을 참지 못하겠다는 듯 만해거사에게 물었다.

 "무슨 이야기를 하시려는 걸까요?"

 만해거사는 별생각 없다는 듯 아무렇게나 대꾸했다.

 "그리 궁금하면 나중에 네 화 숙부에게 물어보렴."

 소자양은 머쓱한 표정을 지으며 머리를 긁적였다.

 제법 이른 시간이었지만 객잔 안에는 몇몇 손님들이 이미 자리를 잡고 앉은 채 아침 식사를 하던 참이었다.

 어젯밤 늦게까지 술을 마신 이들은 진한 국물의 우육탕으로 해갈(解渴)하는 중이었고, 또 바로 길을 떠날 채비를 마친 이들은 간단한 요리로 요기를 때우는 중이었다.
"아, 여깁니다."

창가 쪽, 세 명의 중년인이 만해거사를 보고는 손을 들었다. 그들이 앉은 탁자에는 아직 음식이 놓이지 않았는데, 역시 만해거사 일행과 함께 식사를 하려는 모양이었다.

"아이쿠, 먼저들 드시지."

만해거사가 호들갑을 떨며 자리에 앉았다. 고무송이 너털웃음을 흘렸다.

"하하하. 아닙니다. 우리도 막 자리에 앉았습니다."

그는 담호와 소자양까지 맞은편 자리에 앉는 걸 보고는 그 뒤쪽으로 시선을 돌리며 말했다.

"화 공자께서 안 보이십니다."

"아, 볼일이 좀 있다고. 큰 거 말이오."

만해거사는 한쪽 눈을 찡긋거리며 말했다.

"어제 술 한 동이를 혼자 비우고는 제대로 탈이 났지 뭐요? 안 그래도 안주 하나 없이 무식하게도 마신다고 나무랐는데 말이오."

"아하, 그러셨군요. 그런데 무슨 좋지 않은 일이라도 있었나 봅니다. 그렇게 폭음(暴飮)을 하다니 말입니다."

"내가 한 소리 좀 했거든. 그걸 가지고 삐쳐서……. 하여튼 속이 좁은 친구라오. 자자, 그건 그렇고…… 어서 주문들 해야지? 이보게, 점소이. 여기 주문 좀 받게나."

만해거사는 능수능란하게 화제를 돌리며 점소이를 불렀다. 점소이가 빠르게 다가와 주문을 받기 시작했다.

* * *

"아가씨를 뵙고 싶소."

화군악은 객청 문을 열고 나온 애화를 향해 부드러운 어조로 말했다.

하지만 그를 바라보는 애화의 표정은 딱딱했으며 눈빛 또한 서늘했다. 역시 어제 자신의 제안이 거절당한 게 꽤 마음에 남은 듯 보였다.

"무슨 일인데요? 이미 이야기는 모두 끝난 게 아닌가요?"

"한 가지 묻고 싶어서 그러오. 간단한 것이니 잠깐만 만나 뵈면 될 것이오."

"제게 물어보세요."

"아니, 애화 소저에게 물어볼 성질의 질문이 아니오. 오로지 아가씨에게만 물어볼 수 있는, 그런 질문이오."

"아가씨에게만 물어볼 수 있는 질문이라는 게 어디 있죠? 말도 안 되는 소리는 그만하세요. 괜히 우리 아가씨를 괴롭히지 말고 돌아가세요."

"너무 그렇게 딱 부러지게 거절하지 말고 그럼 아가씨

께 전해 주기나 해 주시오. 화군악이 질문 하나를 하러 찾아왔다고 말이오."

"정말 귀찮게 구는군요, 당신."

애화가 뾰족하게 눈을 치켜뜰 때였다. 객청 안에서 백고의 목소리가 들려왔다.

"아가씨께서 들어오시라고 하는구나."

일순 애화는 입술을 깨물고 화군악을 노려보았다. 화군악은 어깨를 으쓱거렸다.

애화는 마음에 들지 않는다는 표정을 지으며 입을 열었다.

"입 싼 계집 중 하나가 그새 참지 못하고 당신이 찾아온 걸 아가씨께 이야기했나 보네요. 어쩔 수 없죠. 들어가세요."

"고맙소."

화군악은 미소를 지으며 그녀의 곁을 지나쳐 별채로 들어섰다. 등 뒤로 애화의 살기가 송곳처럼 찔러 왔지만, 화군악은 개의치 않은 채 저벅저벅 걸음을 옮겼다.

백고가 객청에서 기다리다가 화군악을 아가씨의 방으로 안내했다. 복도를 따라 걷는 와중에 백고가 나지막한 목소리로 말했다.

"이야기 들었어요. 딱 한 가지 질문이라고요?"

"그렇습니다."

화군악은 고개를 끄덕이며 내심 중얼거렸다.
'알고 보니 그 입 싼 계집애가 바로 이 백고였나 보구나.'
백고는 애화와는 달리 아가씨의 목숨을 구해 준 화군악과 만해거사에게 나쁜 감정이 없었다. 그런 까닭에 은혜를 갚는 셈 치고 애화에게 거짓말을 하여 화군악을 안으로 들여보냈을 수도 있었다.

그런 화군악의 추측이 틀리지 않았음을 증명하듯, 아가씨 방 앞에 이른 백고가 조심스레 입을 열었다.

"화 대협께서 찾아오셨습니다. 아가씨께 한 가지 질문을 드릴 게 있다고 하시네요. 안으로 들여보내도 괜찮겠습니까?"

"네. 들여보내세요."

여전히 맑고 고운 목소리가 방 안에서 흘러나왔다. 마치 노랫소리처럼 아름답고 부드러운 목소리였다.

'정말 딱 한 가지만 빼면 진짜 완벽한데 말이지.'

화군악은 그런 생각을 하면서 방 안으로 들어갔다.

어제보다 한결 좋아 보이는 임가흔이 침상에 앉아 있었다. 그녀는 화군악을 보며 생긋 웃었다. 일순 한 송이 꽃이 피어나는 듯한 기분이 들었다.

화군악은 애써 침착한 표정으로 입을 열었다.

"많이 좋아지신 것 같소."

"네. 많이 좋아졌어요. 게다가 만해거사라는 분이 주신

영약 덕분인지 내공도 상당히 느는 것 같고요."

'내 밀희흡정체술 덕분이기도 하오. 내가 감당할 수 없는 강호오괴의 내공을 그대에게 전해 주었으니 말이오.'

화군악은 속으로 그렇게 말하면서 천천히 이곳을 찾아온 본론을 꺼내 들었다.

"한 가지 궁금한 것이 있어서 말이오."

화군악은 그녀를 똑바로 바라보며 물었다.

"아가씨께서 말씀하시기를, 나 정도면 꽤 평범한 얼굴에 나쁘지 않은 무공 실력을 지녔다고 했는데…… 혹시 그간 강호를 돌아다니면서 나보다 잘생긴 얼굴에 뛰어난 무공을 지닌 청년을 만난 적이라도 있으시오? 그렇지 않다면 그런 식으로 나를 평가할 리 없을 텐데 말이오."

"아…… 겨우 그게 궁금하셨어요?"

임가흔이 배시시 웃었다. 어이가 없다는 표정이었다.

화군악의 얼굴이 살짝 붉어졌다. 자존심이 상했다. 괜히 찾아온 게 아닐까 하는 생각이 그의 머릿속에 떠오를 때, 임가흔이 고개를 끄덕이며 말을 이었다.

"네. 맞아요. 화 대협보다 훨씬 잘생기고 뛰어난 무위를 지닌 분을 만난 적이 있어요. 그리고 사실 그분에게 제 순결을 드리려고 했죠. 제가 딱 원하는 사람이었으니까요."

화군악은 꿀꺽, 마른침을 삼키며 물었다.

친구는 가까이, 적은 더 가까이 〈229〉

"혹시 그분의 이름이 무언지 알 수 있겠소?"

화군악의 질문에 임가흔은 망설이지 않고 그분의 이름을 이야기했다.

동시에 화군악의 얼굴이 구겨진 휴지처럼 형편없이 일그러졌다.

8장.
동행(同行)

먼저 벗이라고 칭하며 다가오는 자들은 절대 믿지 않아야 했다.
그 사탕발림에, 그 다정함에, 그 호탕한 웃음에 감춰져 있는
비루(鄙陋)하면서도 흉악한 배신과 사기에 당하기 싫다면.
화군악은 저도 모르게 중얼거렸다.
"그럼 이제 세 번째 배신인가?"

동행(同行)

1. 말을 해 주지 그랬나, 친구

처음부터 동행(同行)은 쉽지 않았다.
식사를 마친 후 산동팔빈은 느긋하게 뒷짐을 진 채 걸어 나왔다가, 모두 말을 타고 객잔 앞으로 나온 화군악 일행을 보고는 당황한 표정을 감추지 못했다.
"아, 다들 말을 준비하셨구려."
고무송이 겸연쩍은 듯 웃으며 말하자 만해거사는 당연하다는 듯 대꾸했다.
"먼 길을 가는 여정이 아니오?"
"하하. 그렇습니까? 원래 우리는 말을 그리 좋아하지 않는 편이라……."

고무송이 너털웃음을 흘리며 말했다.

그의 말은 사실이었다.

기본적으로 강호 무림인들은 대부분 말을 선호하지 않았다. 평소에는 느긋한 걸음으로 주변 경치를 감상하며 길을 걷는 데다가, 급한 일이 있거나 빠르게 이동할 일이 생길 경우에는 당연히 경공술을 펼쳐 이동했다.

때로는 경공술이 말보다 빠르기도 했고, 심지어 말보다 더한 지구력(持久力)으로 경공술을 펼칠 수도 있었다.

게다가 위급한 상황에서는 외려 말이 방해되기도 하거니와, 심지어 힘들게 구한 말의 목숨을 잃기도 했다.

어쨌든 말은 값비싼 이동 수단이었고, 말을 잃을 때마다 번번이 그 비싼 돈을 들여서 말을 구할 만큼 강호 무림인들 모두가 재력가는 아니었다.

하지만 이렇게 동행하는 무리 중 한쪽은 말이 없고 한쪽만 말이 있는 경우에는 상당히 난감한 상황이 연출되었다. 화군악 일행이 관도를 따라 말을 달리는 동안 산동팔빈 세 사람은 그들을 따라 경공술을 펼쳐야 했으니까.

아무래도 관도에서 경공술을 펼치는 건 모든 행인의 시선을 끌기에 충분했고, 괜한 구설수에 오를 수도 있었다.

그래서였다.

"잠깐만 기다리십시오. 안 그래도 우리도 말이 필요한 것 같아서 근처 마장(馬場)에 있던 말들을 구경했던 참이었습니다. 뭐하나? 얼른 가서 그때 봤던 말들을 사 오지 않고."

고무송은 아우들을 돌아보며 눈을 찡긋거렸다. 황대보와 오중은은 뒤늦게 "아, 네." 하고는 빠른 걸음으로 길을 따라 마을 안쪽으로 사라졌다.

"마장이 어디에 있을까요?"

"그걸 내가 어찌 아누? 어쨌든 빨리 찾아보자."

"돈이 충분할지나 모르겠습니다."

황대보와 오중은이 낮게 소곤거리는 목소리들이 바람을 타고 화군악의 귓전으로 흘러들었다. 화군악은 미묘하게 웃으며 힐끗 객잔 별채 쪽으로 고개를 돌렸다.

'냉정한 여인이라니까.'

화군악은 내심 중얼거렸다.

물론 한 번뿐인 정사라고는 하지만, 해남의 여인과 대륙의 여인이 대하는 태도는 확실히 달랐다.

해남의 여인들에게 있어서 정사는 그저 아기씨를 갖기 위한 행위에 불과했다. 한 번의 잠자리에 눈물 흘리고 콧물 닦는 대륙의 여인들과는 전혀 달랐다.

역시 족속(族屬)이 달라서일까. 아니면 그녀들이 누리는 오만한 지위 때문일까.

'하기야 고귀하게 자란 귀족의 여인들은 다른 사람 앞에서 옷을 홀라당 벗는 걸 부끄러워하거나 수치스럽게 생각하지 않는다고도 하니까. 마치 개나 고양이 앞에서

전라가 되는 걸 부끄러워하는 사람이 없는 것처럼.'

 어렸을 적부터 누군가가 옷을 갈아입혀 주고 몸을 씻겨 주는 보살핌을 받으며 자란 사람들은 그 수치와 부끄러움의 기준이 일반 평범하게 자란 사람들과 다를 수밖에 없었다. 저 자하신녀문의 여인들도 그러했다.

 '빌어먹을.'

 화군악은 입술을 깨물었다. 조금 전 임가흔과 나눴던 대화가 떠올랐던 까닭이었다.

 '하필이면 그 녀석과 비교되다니.'

 화군악은 임가흔의 입에서 흘러나온 사내의 이름을 너무나도 잘 알고 있었다.

 그래서 놀랐다. 이미 놈이 해남까지 직접 방문하여 임가흔의 모친, 전대(前代) 검후(劍后)를 만나 비밀스러운 이야기를 나눴다는 사실이.

 '도대체 얼마나 대단한 계획을 꾸미고 있는 거야?'

 화군악은 궁금했다.

 한때는 서로의 모든 걸 알고 있다고 자부하던 사이였다. 또 한때는 서로를 위해서 심장을 내줄 수 있는 사이라고 생각한 적도 있었다.

 하지만 그에게 배신을 당한 후, 화군악은 그에 대해서 아무것도 모른다는 사실을 뒤늦게 깨달았다.

 그랬다.

화군악은 그가 평소 무슨 생각을 하고 있었는지, 무슨 계획을 세우고 있었는지, 그리고 그가 얼마나 화가 나 있었는지 전혀 몰랐던 것이었다.

'그럼 그렇다고 말을 해 주지 그랬나, 친구.'

화군악은 눈을 가늘게 뜨며 하늘을 올려다보았다.

아침 하늘은 그의 마음처럼 어둡고 우중충하고 을씨년스러워서 오월의 아침 하늘이라고는 여겨지지 않을 정도였다. 금방이라도 폭우가 쏟아질 것만 같은 날씨였다.

그리고 지금 하늘을 우러르고 있는 화군악의 속마음도 그와 비슷했다.

이윽고 황대보와 오중은이 어디서 구하기는 구했는지, 세 필의 말을 끌고 달려왔다. 황대보는 얼굴 가득 땀에 젖은 채 고무송에게 말했다.

"다행히 우리가 봐 뒀던 말들이 있었습니다, 셋째 형님."

"수고했다."

고무송은 곧바로 말에 올라탔다. 말에 오르는 모습이나 앉은 자세, 그리고 고삐를 쥔 모습을 보건대 승마(乘馬)가 낯설지 않은 건 확실해 보였다.

만해거사는 그들 세 사람이 말에 오른 걸 지켜본 후 천천히 입을 열었다.

"그럼 이제 출발합시다. 최소한 비가 쏟아지기 전에는

다음 마을에 당도해야 하니까."

"그럽시다."

고무송이 대답했다.

화군악과 만해거사, 담호와 소자양, 그리고 세 명의 산동팔빈은 곧 말을 몰아 객잔 입구를 떠났다.

점심 무렵에도 해는 보이지 않았다.

여전히 하늘에는 먹장구름이 낮게 깔렸고, 바람이 심상치 않게 불었다. 금방이라도 한바탕 폭우가 쏟아질 것 같은 날씨였는데, 또 괴이하게도 비는 쉽게 내리지 않고 있었다.

화군악 일행은 관도를 따라 빠르게 말을 달렸다. 그 뒤를 따르던 고무송은 한순간 고개를 갸웃거렸다. 아무리 봐도 화군악 일행이 향하는 곳은 남서쪽, 악양부였던 까닭이었다.

'흠, 악양부로 간다는 말이 거짓이 아니었던 겐가?'

고무송은 화군악의 등을 노려보며 생각을 이었다.

'나쁘지는 않다. 이대로 악양부를 향해 달려간다면 반드시 개봉부나 정주 둘 중 한 곳을 지나야 할 터, 그곳에서 일을 벌이면 되겠구나.'

북경부에서 악양부로 향하는 육로(陸路)는 크게 셋으로 나뉜다고 할 수 있었다. 하나는 개봉부를 지나는, 다른 하나는 낙양으로 돌아갔다가 곧바로 남하하는, 그리고 마지막 하나는 정주를 통과하는 길이었다.

그들이 머물렀던 화홍현에서 남서쪽으로 약 오십여 리 남하하다 보면 봉구현이 나오고, 그곳에서 관도는 크게 세 갈래 길로 갈라진다.

가장 서쪽으로 향하는 관도는 낙양으로 이어지고, 동쪽의 관도가 개봉으로 향하며, 중간의 관도가 정주로 통했다.

잠시 생각하던 고무송은 조금 더 말을 빨리 달려 만해거사와 어깨를 나란히 한 후 입을 열었다.

"날씨를 보아 하건대 개봉부나 정주에서 하룻밤 묵어가는 게 좋을 것 같습니다."

만해거사가 힐끗 하늘을 올려다보고는 고개를 끄덕였다.

"그게 좋겠구려."

고무송이 은근슬쩍 말했다.

"정주에 마침 제가 잘 아는 객잔이 있습니다. 조금 외진 곳에 따로 떨어져 있기는 하지만, 그만큼 인적이 드물고 정취가 있어서 편히 쉬기에는 최고의 장소입니다."

"호오."

"게다가 객잔 주인과 친해서 제가 가면 늘 공짜로 재워준답니다. 하하하, 제 입으로 말하기는 조금 부끄럽지만 아무래도 저를 귀한 사람이라고 여기는 것 같더라고요."

"허허허. 산동팔빈이라면 누구나 귀한 사람이라고 생각할 것이오. 또 그래서 팔빈(八賓)이 아니겠소?"

"그럼 정주의 그 객잔에서 하룻밤 묵기로 할까요? 저야 뭐 만해 어르신의 의견에 따르겠습니다만."

"흐음. 우리가 폐를 끼쳐도 되는지 모르겠소."

"폐라니요? 걱정하지 마십시오. 제 친구라면 당연히 환영할 겁니다."

"허허. 그렇다면 염치 불고하고 신세 좀 지겠소이다."

"하하하하. 별말씀을. 신세라니요? 벗에게는 그런 말을 하는 게 아닙니다."

고무송은 너털웃음을 흘리며 그렇게 말했다.

자신의 등 뒤에서 오가는 대화를 가만히 듣고 있던 화군악은 저도 모르게 피식 웃었다.

'벗이라……'

먼저 벗이라고 칭하며 다가오는 자들은 절대 믿지 않아야 했다. 그 사탕발림에, 그 다정함에, 그 호탕한 웃음에 감춰져 있는 비루(鄙陋)하면서도 흉악한 배신과 사기에 당하기 싫다면.

화군악은 저도 모르게 중얼거렸다.

"그럼 이제 세 번째 배신인가?"

세찬 바람이 한바탕 불어왔다.

그의 중얼거림은 바람을 타고 관도 저편으로 사라져, 그 흔적조차 남지 않았다.

2. 만수루(萬壽樓)

그날 저녁.

성문이 막 닫히기 직전, 화군악 일행은 겨우 정주에 당도할 수 있었다.

성문을 닫으려던 관졸들이 투덜거렸지만 역시 만해거사가 쥐여 준 은자 몇 냥에 이내 환하게 안색을 폈다. 어디에서나 돈은 통했다.

"이쪽으로."

고무송은 정주의 외곽 지역으로 말을 달렸다.

안 그래도 우중충한 날씨였는데 저녁나절이 되자 사방이 칠흑처럼 어두워졌다. 늦게까지 불을 밝히며 영업을 하는 가게나 객잔이 아니었더라면 제대로 길을 찾을 수가 없을 지경이었다.

그렇게 정주 외곽을 따라 약 일각 정도 말을 달린 후, 고무송은 오 층 건물 앞에서 말을 멈췄다. 그 화려하고 거대한 건물의 위용 앞에서 만해거사의 눈이 휘둥그레졌다.

"아니, 이게 객잔이란 말이오?"

만해거사의 질문을 받은 고무송은 말에서 내리며 활짝 웃었다.

"하하. 정주에서 다섯 손가락 안에 든다고 하더이다, 주인장의 말을 빌자면."

객잔 입구에서 멈추는 말발굽 소리를 들었을까. 객잔 문이 열리고 점소이들이 달려 나왔다.

그중 나이가 지긋해 보이는 인물도 있었는데, 그는 고무송을 보자마자 깍듯하게 허리를 숙이며 인사했다.

"아이고, 고 대협이 아니십니까? 연락도 없이 어쩐 일로 이렇게 방문하셨습니까?"

고무송은 점소이들에게 고삐를 건네주며 말했다.

"송 지배인을 보고 싶어서 찾아왔네."

"어이쿠, 말씀도 고맙게 하셔라."

송 지배인이라 불린 노인이 활짝 웃으며 말을 이었다.

"주인 나리께서는 악양부의 혼인식에 참석하신다고 가셔서 지금 계시지 않습니다만, 그래도 고 대협께서 방문하셨으니 당연히 가장 좋은 별채를 내드려야겠죠. 며칠이나 묵으실 예정이십니까?"

"하루면 족하오. 매번 폐만 끼치는구려."

"아이고, 무슨 말씀을. 주인 나리께서 신신당부해 두셨습니다. 산동팔빈 대협들께는 무조건 가장 좋은 별채에 가장 좋은 음식을 대접하라고 말입니다."

송 지배인이 그리 말하는 동안 점소이들이 일행의 말을 모두 끌고 마구간으로 사라졌다.

화군악 일행은 말에서 내린 채 휘황찬란한 오 층 객잔을 둘러보았다.

그 와중에 화군악은 문득 객잔 현판을 바라보았다. 현판에는 용사비등(龍蛇飛騰)의 글씨체로 세 글자가 적혀 있었다.

'만수루(萬壽樓)라…….'

비록 정주 중심부에서는 제법 떨어진 외곽 지역이라고는 하지만, 이 정도 규모의 객잔을 소유한 자라면 상당히 유명한 부자일 게 분명했다.

'설마 만적산은 아니겠지?'

화군악은 그렇게 속으로 중얼거리며 웃었다.

"이쪽으로 오시죠. 저희 만수루에서 가장 좋은 별채로 안내해 드리겠습니다."

송 지배인의 말에 퍼뜩 상념에서 깨어난 화군악은 이내 고개를 갸웃거렸다.

'왠지 저 송 지배인이라는 자의 말이 이상하군.'

만약 고무송이 스스로 이야기했던 것처럼 이곳을 자주 들렀다면, 그래서 송 지배인이나 이 객잔의 주인이 매번 그를 환대했다면 과연 지금처럼 말할까?

동행(同行) 〈243〉

'아니겠지. 평소 이용하던 별채, 묵던 별채로 안내하겠습니다. 이런 식으로 말했을 것이다. 만약 그 별채에 이미 다른 사람이 묵고 있는 중이라면, 평소 이용하던 별채는 지금 사용하실 수가 없으니 다른 별채로 모시겠습니다, 아마 이런 식으로 말했겠지.'

화군악은 내심 그런 생각을 하면서 송 지배인의 안내를 받으며 별채로 향했다.

전면(前面)의 오 층 객잔이 주는 위용답게 후원의 별채들 또한 화려하고 아름다웠으며, 또한 그 수가 상당히 많았다.

대략 이십여 채의 크고 작은 별채가 각각 넓은 정원과 뒤뜰을 소유한 채, 담벼락으로 구획된 독립된 구조를 유지하면서 널찍하게 자리를 잡고 있었다.

화군악 일행이 안내받은 별채는 그 이십여 채의 별채 중 가장 중앙에 있었다.

'확실히 이상하구나.'

이번에도 화군악은 눈빛을 희미하게 빛내며 고개를 갸웃거렸다.

'그동안 여러 별채에서 묵어 봤지만, 그 객잔에서 가장 좋은 별채는 역시 객잔에서 제일 후미진 자리의 소음도 적고, 풍광도 좋은 곳에 있었다. 하지만 이곳은······.'

화군악은 주위를 둘러보았다.

대략 삼백여 평의 정원과 별채를 크게 에워싸는 사각형의 담벼락. 그 담벼락 너머로는 다른 별채들이, 어느 방향을 둘러봐도 빼곡하게 들어선 건물들이 있어서 당연히 풍광이나 조망이 좋을 리가 없었다.

 '이게 가장 좋은 별채라니.'

 화군악은 내심 피식 웃었다.

 물론 겉으로 보기에는 나쁘지 않은, 아니 확실히 눈이 휘둥그레 떠질 정도로 화려한 장식과 문양이 있는 별채이기는 했다.

 별채 앞 정원은 넓었으며 공들여 조성한 나무들과 세심하게 꾸민 인공적인 구조물들이 사람들의 감탄을 이끌어 내기에 충분했다.

 또한 별채의 규모도 작은 편이 아니어서 네 개의 방과 객청, 주방, 그리고 목욕을 할 수 있는 공간까지 마련되어 있었으니, 여느 객잔에서도 쉽게 찾아볼 수 없는 고급 별채인 건 확실했다.

 '하지만 이곳 만수루의 다른 별채들도 이와 크게 다를 바가 없으니까.'

 화군악은 담벼락과 담벼락 사이로 난 샛길을 따라 이곳으로 오는 동안 둘러보았던 주변의 별채를 떠올렸다. 크고 작다는 것의 차이만 있을 뿐, 대부분 이와 비슷하거나 혹은 이보다도 더 화려한 별채들이었다.

'그런데도 굳이 이 중앙 별채를 우리에게 준 건 반드시 그만한 이유가 있을 것이다.'

 화군악은 그런 생각을 하면서 송 지배인을 유심히 지켜보았다.

 하지만 워낙 노련하고 경험이 많아서였을까. 송 지배인의 행동이나 표정에서는 그 어떤 이상한 점도 찾아볼 수가 없었다.

 이윽고 사람들은 송 지배인의 안내에 따라 별채로 들어섰다. 별채 입구에는 안수헌(安睡軒)이라는 편액(扁額)이 걸려 있었는데, 화군악은 그것마저 수상했다.

 '편안하게 잠을 자는 곳이라…….'

 화군악은 내심 중얼거리며 객청으로 들어섰다.

3. 연기(演技)였을까

 별채 내부는 다른 기존의 별채들과 별반 다르지 않았다. 문을 열고 들어서면 넓은 객청이 있었고, 객청을 중심으로 해서 좌우로 회랑과도 같은 복도가 길게 이어져 있었다.

 그 복도를 따라서 좌우로 각각 두 개의 방이 있었고, 오른쪽 복도 끝으로는 목욕을 할 수 있는 공간이 마련되어 있었다.

 하지만 실내 공간을 장식하는 조각이나 병, 액자, 가구 같은 것들은 확실히 다른 어떤 별채에서 본 것들보다 화려하고 값비싸 보였다.

 확실히 대륙에서 열 손가락 안에 꼽히는 정주, 그 정주에서도 세 손가락 안에 꼽힌다는 객잔다운 장식들이었다.

 화군악과 비슷한 감정을 느꼈던 것일까.

 "저 백자(白磁)는 상당히 비싸 보이는군."

 만해거사가 벽면 한쪽 장식장에 놓인 백자를 보며 중얼거렸다.

 마침 송 지배인이 들었는지 활짝 웃으며 말했다.

 "역시 식견이 높으시군요. 맞습니다. 조선에서 건너온 조선백자(朝鮮白磁)로, 은자 십수만 냥 가치가 있습니다."

 담호와 소자양의 눈이 휘둥그레졌다.

 그래 봤자 겨우 꽃병이나 술병으로 쓸 직한 백자 하나가 은자 십수만 냥이나 되다니.

 두 사람 모두 도대체 저 백자가 그렇게 비싼 이유도 알 수 없었고, 또 그런 비싼 백자를 저런 식으로 아무렇게나 장식해 둔 것도 이해가 가지 않는다는 얼굴들이었다.

 "그럼 저녁 식사를 어떻게 할까요?"

송 지배인이 묻자 고무송이 미안하다는 표정을 지으며 되물었다.

"이미 저녁 식사 시간이 끝나지 않았소?"

"괜찮습니다. 이제 막 문을 닫은 터라 얼른 주문하면 다시 요리가 가능할 겁니다."

"그래도 미안한데……."

"아닙니다. 그럼 평소 드시던 요리를 준비할까요? 거기에 몇 가지 더 해서 손님들 모두 배불리 드실 수 있도록 하죠."

"하하, 그래 준다면야 더없이 고마운 일이오. 내 새로 사귄 벗들 앞에서 체면도 설 수 있고 말이오."

고무송은 유쾌한 표정으로 말을 덧붙였다.

"안 그래도 하루 내내 쉬지 않고 말을 달리느라 뱃가죽이 등에 찰싹 달라붙었지 뭐요."

"그럼 알겠습니다. 그럼 잠시만 기다리십시오. 곧 이곳으로 술과 요리를 보내 드릴 테니까요."

송 지배인은 그렇게 말한 후 정중하게 인사를 하고 객청 밖으로 나갔다.

만해거사는 객청 탁자에 앉으며 고무송에게 말을 걸었다.

"이곳 객잔 주인이라는 사람, 나도 친구가 되고 싶구려. 이토록 친구를 극진하게 대접하는 걸 보니 말이오."

고무송이 웃으며 말했다.

"나중에 기회가 되면 소개해 드리겠습니다. 이곳 주인장도 저처럼 사람 사귀는 걸 좋아하는 성격이거든요. 게다가 만해 어르신이라면 누구라도 좋아할 테니까요."

"허허, 빈말이라도 그리 말해 주시니 고마울 따름이오."

만해거사는 곧 소자양과 담호를 돌아보며 말을 이었다.

"너희들은 가서 방에다가 짐을 풀고 오려무나. 아, 그 생사불멸신단(生死不滅神丹)이 담긴 혁낭(革囊)은 내게 주고."

담호는 만해거사가 자신을 바라보며 말하자 움찔 놀라고 당황한 표정을 지었다.

"제 혁낭 말씀이신가요?"

"왜?"

만해거사가 고개를 갸웃거렸다.

"그 혁낭에 담겨 있지 않은 거냐?"

담호는 무슨 영문인지 몰라 당황하여 저도 모르게 고무송을 힐끗거렸다. 마침 그때 사람들 모르게 만해거사가 한쪽 눈을 찡긋거리는 보고서야 담호는 그제야 비로소 무슨 영문인지 알아차렸다.

'만해 할아버지에게 뭔가 계획이 있으신가 보구나.'

그렇게 생각한 담호는 고개를 끄덕이고는 제 허리춤에 찬 혁낭을 풀며 말했다.

"네. 여기 있어요."

담호는 두 손으로 공손히 만해거사에게 혁낭을 건네주었다. 만해거사는 혁낭의 무게를 가늠하는 시늉을 하고는 이내 자신의 허리춤에 매달았다.

"그럼 어서 가서 짐을 풀도록 해라."

만해거사의 말에 담호와 소자양은 곧바로 좌측 복도를 따라 걸음을 옮겼다. 그들은 두 개의 방 중 구석진 곳의 방문을 열고 들어가 짐을 풀면서 소곤소곤 대화를 나눴다.

"도대체 무슨 계획을 꾸미시는 걸까?"

"모르겠어요. 그나저나 느닷없이 그렇게 말씀하시는 바람에 심장이 멈추는 줄로만 알았다고요. 뭔가 계획을 꾸미셨다면 미리 말씀해 주시지."

"아니. 미리 계획하신 건 아닌 것 같아. 그랬다면 너나 나에게까지 숨길 이유가 없으니까. 아마도 이곳 객잔에 들어서다가, 혹은 송 지배인과 이야기를 나누는 동안에 뭔가 떠오르신 모양이야."

"아무래도 그렇겠죠? 그런데 제 모습이 어색하지는 않았어요, 형님이 보시기엔?"

"하하. 어색했지. 당황해서 어찌할 바 모르며 땀까지 흘리는 모습이 얼마나 우습던지."

소자양의 말에 부끄러운 표정을 짓던 담호의 표정이 일

순 심각하게 변했다.

"혹시 저 산동팔빈도 눈치채지 않았을까요? 제가 얼마나 이상하고 수상하게 행동했는지 말이에요."

"그야……."

"그렇다면 제가 일을 망친 꼴이 된 거네요. 모처럼 만해 할아버지께서 절 믿고 맡긴 일이었는데. 아휴, 진짜……."

담호는 한숨을 푹 쉬며 침상 위에 주저앉았다. 소자양이 의기소침한 그의 어깨를 다독이며 말했다.

"만해 할아버지께서 어떤 분이시니? 이미 네가 그리 행동할 것까지 다 예상하시고 계획을 세웠을 거야."

"그럴까요? 제 실수도 할아버지의 계획 안에 포함되어 있을까요?"

"그렇겠지?"

소자양은 확신이 없다는 표정을 지으며 우물거렸다. 담호가 다시 한숨을 길게 내쉬며 고개를 푹 숙였다.

* * *

물론 고무송은 그 모든 일련의 상황을 똑똑히 지켜보고 있었다.

'생사불멸신단?'

만해거사라는 노인의 입에서 흘러나온 단어는 그야말

로 귀가 솔깃할 정도로, 하지만 그래서 또 어이가 없을 정도로 허풍 가득한 단어였다.

'고약한 명칭이로다. 간단하게 생각해 보면 생사(生死)의 쳇바퀴에서 벗어나 영원히 죽지 않게 해 주는 영단 같은데, 세상에 그런 약이 어디 있겠나?'

고무송은 피식 웃으며 생각했다.

'행여 그런 영단이 있다 하더라도 나와 같은 타인이 바로 옆에 있는데 함부로 발설한다? 에이, 웃기지 말라고 그래라.'

고무송은 그렇게 웃어넘기려 했다.

하지만 다음 순간, 지목을 받은 담호라는 소년이 당황하여 어찌할 바 모르는 표정을 지으며 고무송을 힐끗거리는 것이었다.

'음? 왜지?'

고무송의 표정이 일순 진지해졌다.

이질감이 들었다. 뭔가 손발이 맞지 않았다. 만해거사는 태연하게 말했지만 담호는 정색하며 당황한 표정을 지었다.

연기(演技)였을까.

'아니다. 그건 절대 아니다.'

고무송은 확신했다.

그가 봐 온 담호라는 약관도 채 되지 않은 저 소년은

그렇게 뛰어난 연기를 할 수 있는 아이가 아니었다.

어제만 하더라도 고무송이 이리저리 넘겨짚은 질문에 아무것도 모른 채 술술 대답하던 꼬마에 지나지 않았다. 불과 하룻밤 사이에 고무송이라는 노련한 무림인의 눈을 속일 정도로 표정이나 행동이 달라질 리 만무했다.

'그렇다면 꼬마의 반응은 사실이다.'

고무송은 그렇게 생각했다. 그리고 또 생각했다.

'그럼 무엇 때문에 저리 놀라고 당황한 표정을 지었을까? 아무래도 역시 우리가 있는 자리에서 만해거사가 태연하게 생사불멸신단의 명칭을 입에 올렸기 때문에 놀랐을 가능성이 가장 크겠지.'

그렇다면 담호가 놀란 와중에 황급히 고무송을 힐끗거린 부분도 충분한 설명이 되었다.

세상 물정 모르고 경험이 부족한 담호는 생사불멸신단이라는 단어를 듣는 순간 반사적으로 고무송을 경계했을 게 분명했으니까.

'호오. 일이 재미있어지는걸?'

고무송의 눈빛이 희미하게 반짝였다.

'그러니까 결국 그 약효가 얼마나 대단한지는 모르겠지만, 어쨌든 생사불멸신단이라는 영단이 존재한다는 거고, 그게 지금 저 노인네가 차고 있는 혁낭에 있다는 거로군그래.'

고무송은 탁자에 앉아 있는 만해거사를 내려다보았다.
만해거사는 아무런 방비도 하지 않은 채, 그야말로 완벽하게 방심한 채로 차를 마시고 있었다.

9장.
고수(高手)의 품격(品格)

그 누구에게도 질 것 같지 않은 기세.
그 어떤 것과 부딪쳐도 온전할 것 같은 단단함.
그 무엇도 단숨에 박살 낼 것 같은 투기.
그런 것들이 하나의 보이지 않은 기운으로 뭉쳐서
화군악의 전신을 휘감고 있었다.
마치 무형의 호신지기(護身之氣)처럼, 혹은 빛나지 않는 후광(後光)처럼.

고수(高手)의 품격(品格)

1. 저녁 식사

 십여 명의 점소이가 차례로 객청을 들락거리며 수십 가지의 요리와 음식을 내왔다.
 그야말로 탁자 다리가 부러질 정도로 많은 산해진미(山海珍味)가 쉬지 않고 들어왔다. 심지어 만해거사조차 생전 처음 보는 요리들도 즐비했다.
 "그럼 맛있게 드시길."
 송 지배인이 인사한 후 객청을 빠져나갔다. 하지만 누구 하나 먼저 요리에 손을 대는 이가 없었다.
 그러자 고무송이 손을 내밀어 권했다.
 "자, 드십시다."

만해거사가 웃으며 말을 받았다.

"그래도 주빈(主賓)께서 먼저 드셔야지 않겠소?"

이 자리의 주빈이라면 당연히 산동팔빈, 그중에서도 고무송을 가리키는 말이었다.

고무송은 살짝 눈살을 찌푸리나 싶더니 이내 유쾌하게 웃으며 고개를 끄덕였다.

"좋습니다. 그렇다면 제가 먼저 시식하기로 하지요."

일순 만해거사와 화군악의 눈빛이 반짝였다.

'흐음. 따로 말한 것도 아닌데 먼저 시식이라는 단어를 꺼낸다?'

화군악은 예리한 눈빛으로 고무성을 바라보았다.

사실 시식이라는 게, 트집을 잡고자 하는 게 아니라면 얼마든지 이해할 수 있는 단어이긴 했다.

이곳 음식이 얼마나 맛있고 훌륭한지 먼저 먹어 보겠다는 의미 또한 시식이었으니, 굳이 독(毒)을 떠올리지 않아도 괜찮은 상황이었다.

하지만 화군악과 만해거사는 이미 산동팔빈과 고무송을 의심하고 있는 까닭에, 그의 일거수일투족은 물론 말한 마디, 표정 하나하나까지 경계하고 주의하는 것이었다.

고무송은 가지와 돼지고기를 볶은 요리부터 시작하여 몇 가지 요리들을 조금씩 맛보며 연신 고개를 끄덕였다.

"정말 맛있습니다. 다들 드셔 보시죠."

그 말에 황대보와 오중은도 젓가락을 들고 여러 요리들을 집어 먹기 시작했다. 그들 또한 입속에 음식을 넣자마자 크게 고개를 끄덕이며 감탄하기 바빴다.

"그럼 우리도……."

만해거사와 화군악도 그들을 따라서 젓가락을 들어 음식들을 집어 먹기 시작했다.

고무송은 눈을 가늘게 떴다. 살짝 불쾌한 표정이 그의 얼굴 위로 떠올랐다가 이내 사라졌다. 만해거사와 화군악이 집어 먹는 요리들은 하나같이 고무송, 그리고 황대보와 오중은이 먼저 맛을 본 것들뿐이었다.

하지만 그 불쾌함은 얼마 가지 않았다. 만해거사와 화군악은 곧 다른 요리들도 집어 먹으면서 연신 고개를 끄덕이며 칭찬을 아끼지 않았던 것이었다.

"호오, 정말 맛있군."

"누린내가 많이 날 텐데 어떻게 잡내 하나 나지 않게 삶았을까?"

그들은 감탄하면서 소자양과 담호에게도 적극적으로 추천했다.

"음식들이 다 훌륭하다. 어서들 먹어라."

만해거사의 말에 안 그래도 침까지 흘리며 산해진미를 바라보던 두 청년이 빠른 속도로 식사하기 시작했다.

하루에 다섯 끼를 먹어도 배고플 나이였다. 쇳덩이도 씹어먹을 나이였다.

농이 아니라, 진짜로 뱃가죽이 등에 달라붙은 두 젊은이는 순식간에 자신들의 앞에 놓인 그릇들을 싹 다 비워냈다.

고무송의 얼굴이 흡족한 미소가 스며들었다.

'그래, 많이들 먹게. 그래야 우리도 편할 테니까.'

그는 내심 중얼거리고는 자신 또한 앞에 놓인 음식과 술을 마음껏 먹고 마셨다.

고무송은 연속해서 건배를 외치고, 또 스스로 석 잔의 술을 한꺼번에 마시기도 했다. 만해거사와 화군악 역시 그를 따라 연거푸 술을 들이켰다.

그렇게 술잔이 비워질 때마다 대기하고 있던 점소이들이 각자의 잔에 술을 따랐다.

무려 한 시진에 걸친 저녁 식사가 끝났다. 세 동이의 술이 텅 비었고, 탁자 위에 겹겹이 쌓였던 요리들은 모두 일곱 사내의 배 속으로 들어갔다.

점소이들이 그릇과 술병을 치우고 탁자를 훔친 후 정중한 인사를 남기고 돌아갔다.

"술을 꽤 마셨나 봅니다. 내일 또 일찍 일어나서 출발하려면 이만 들어가서 푹 쉬어야 할 것 같습니다."

고무송은 그렇게 말하며 자리에서 일어났다. 황대보와

오중은도 함께 일어났다.

만해거사가 잔뜩 취한 듯한 얼굴로 웃으며 말했다.

"우리는 차 한잔 나누다가 자겠소. 먼저들 들어가시오."

"그럼 편히 쉬십시오."

고무송 일행은 곧 우측으로 이어진 복도를 따라 사라졌다. 동시에 그때까지 취한 듯 노곤한 듯 눈이 풀어져 있던 만해거사의 눈빛이 원래의 상태로 돌아왔다.

만해거사는 곧장 자신의 품에서 약병을 꺼내 들고는 환단을 꺼내 한 알씩 사람들에게 나눠 주며 말했다.

"이걸 복용한 후 운기조식을 하되, 주기(酒氣)를 몰아낸다는 생각으로 기를 운용해야 한다. 알겠지?"

소자양이 영문을 모르겠다는 얼굴로 물었다.

"뭔가 문제라도 있습니까?"

그러자 화군악이 살짝 굳은 얼굴로 되물었다.

"너는 아직 아무런 느낌도 없는 거냐?"

"네. 약간 술에 취한 것 같기는 하지만……."

"흐음, 됐다. 아무래도 역시 상당히 고급스러운 산공독(散功毒)인 게 분명하구나."

"산공독이요?"

소자양의 눈이 휘둥그레졌다.

만해거사가 얼른 환단 한 알을 입안에 털어 넣은 후 고개를 끄덕이며 말했다.

"그래. 음식 곳곳에 아주 미량의 산공독을 풀어 놓았더구나. 그래서 한두 가지 음식만으로는 중독되지 않고 여러 음식을 꽤 많이 섭취해야만 비로소 중독되게끔 장치해 둔 것이다."

소자양의 눈이 더 커졌다. 화군악도, 담호도 말없이 서둘러 환단을 복용하는 가운데 소자양이 믿어지지 않는다는 듯이 다급하게 물었다.

"하지만 산동팔빈 사람들도 여러 음식을 꽤 많이 먹지 않았습니까?"

"그렇지. 그리고 바로 그게 교묘한 속임수이고."

만해거사는 고개를 끄덕이며 말을 이어 나갔다.

"아마도 점소이들이 들고 있던 술병 중 해독약이 들어 있었을 것이다. 왜, 기억나지 않느냐? 점소이들이 술병을 들고 있다가 술이 떨어진 잔에 술을 채워 놓던 것 말이다."

"아, 네. 기억하고 있습니다."

"산동팔빈에게 술을 다르던 그 점소이들이 자리를 바꿔 가면서 우리에게 술을 따라 준 기억은?"

"그, 그건……."

소자양은 말꼬리를 흐렸다. 아무리 당시 상황을 돌이켜 보더라도 전혀 그런 광경을 떠올릴 수가 없었던 까닭이었다.

"그래, 떠올릴 수가 없을 것이다. 애당초 단 한 번도 그런 일이 없었으니까."

만해거사가 거기까지 이야기했을 때 이미 화군악과 담호는 운기조식에 들어가 있었다. 소자양은 두 사람을 돌아보고는 당혹한 표정을 지으며 말했다.

"그런데 왜 저는 산공독에 당한 느낌이 들지 않을까요?"

"그건 네 공력이 낮아서 그럴 것이다."

만해거사는 우측 복도 쪽의 기척을 확인하고 경계하면서 이야기했다.

"아까 네 화 숙부가 말하기를 상당히 고급스러운 산공독이라고 하지 않았더냐?"

"네, 그렇게 들었습니다."

소자양은 그렇게 대답하는 한편 만해거사가 건네준 환단을 황급히 입에 털어 넣고는 꿀꺽 삼켰다.

"아마 우리에게 투여한 산공독은 공력이 높을수록 일찍 반응을 일으키게 만드는, 그런 산공독임이 분명하다. 그렇지 않고서야 나보다 담호가 먼저 산공독을 알아차릴 리가 없으니 말이다."

"네?"

소자양의 눈이 화등잔만 해졌다. 그의 얼굴에 불신의 빛이 역력하게 드러났다.

담호가 만해거사보다 먼저 산공독을 알아차린 것도 놀

라운 이야기였지만, 지금 만해거사의 말에 따르자면 담호가 만해거사보다 훨씬 높은 공력을 지녔다는 것이다. 어찌 그걸 순순히 믿을 수 있을까.

2. 산공독(散功毒)

산공독은 공력을 무력화시키는 효능을 지녔다.
원래 내공은 물줄기처럼 기맥을 타고 흐르는데, 그 내공이 물처럼 이동하지 못하도록, 내공 자체를 모래알처럼 흐트러뜨리는 형식으로 산공독은 구현된다.
강호의 뒷거리에서 쉽게 구할 수 있고, 또 자주 사용되기도 하는 산공독은 그 효력이 미미하고 위력이 미약해서 시간이 흐르면 저절로 해소되지만, 신선폐나 군자산, 그리고 당문의 극락향과 같은 산공독은 그 해독약이 없는 한 절대 풀리지 않는다.

"십이군자산(十二君子散)이오."
사내는 송 지배인에게 밤톨처럼 조그만 주머니 두 개를 건네며 말했다.
"열두 시진가량 공력을 사용할 수 없게 만드오. 그 외에는 별다른 해를 끼치지도 않고 독성도 미약하기 때문에 십이군자산이라고 한다오."

의외로 그는 말이 많았다. 굳이 하지 않아도 될 내용까지, 송 지배인이 하등 알 필요가 없는 것까지 술술 이야기하고 있었다.

"실은 신선폐(神仙廢)를 사용할까 했소. 신선폐의 특징은 내공을 펼치기 전에는 전혀 중독된 기미를 알아차릴 수가 없지만, 일단 내공을 끌어올리면 급속도로 독기가 퍼져 내공 대신 산공독의 독기가 기맥을 타고 흐른다는 점에 있소. 즉, 그 상태에서 무리하게 내공을 끌어올리려고 하면 할수록 기맥 자체가 상하고 막혀서 말 그대로 폐인(廢人)이 될 수 있다오. 그래서 신선폐인 것이오."

송 지배인은 역시 노련하고 경험 많은 자답게 무심한 눈빛으로 그를 쳐다보며 잠자코 이야기를 들었다.

이런 자리는 절대 자신의 본심을 드러내면 안 되는 자리였다. 지루하다거나 이제 그만 일어나겠다는 표정이 조금이라도 엿보인다면 자칫 자신의 목숨조차 위태로울 수 있는 자리였다.

사내는 계속해서 말을 이어 나갔다.

"그래도 명색이 정도(正道)를 추구하는 백도 정파의 사람인데 어찌 그런 험한 산공독을 쓸 수 있겠소? 그래서 신선폐 대신 십이군자산을 가지고 온 것이오. 아, 불안해할 건 전혀 없소. 신선폐도 그렇지만, 십이군자산 또한 해독약이 없으면 절대 풀 수 없는 독이니까. 아무리 놈이라고 하더라도 버티지 못할 것이오."

사내는 어깨를 으쓱거리며 조금 전 자신이 송 지배인에게 건네주었던 두 개의 밤톨만 한 주머니를 가리켰다.

"노란색 주머니는 해독약이오. 술에 타서 산동팔빈에게만 따라 주시면 되오. 붉은색 주머니의 것이 십이군자산이오. 뭐, 맛이라도 본다고 먹어도 괜찮을 것이오, 지배인은. 군자(君子)답게 십이군자산 자체가 내력이 약한 자에게는 그 효과가 참으로 미미하니까 말이오."

사내의 길고 지루하고 쓸데없는 이야기는 그제야 비로소 끝났다. 송 지배인은 사내를 비롯하여 방 안에 있던 모든 이들에게 공손하게 허리를 숙인 후 자리를 떴다.

밤공기는 시원했고 돌풍처럼 휘몰아치는 바람은 차갑기 그지없었다.

방을 나선 후 객청을 벗어나 정원에 이르러서야 비로소 송 지배인은 길게 한숨을 내쉴 수가 있었다. 그리고 조금 전 방 안에서 느꼈던 그 지독한 살기에 몸서리를 친 다음, 서둘러 객잔 주방으로 달려갔다.

* * *

송 지배인이 자리를 떠난 후, 사내는 방 안의 다른 사람들을 둘러보며 입을 열었다.

"자, 그러면 한번 물어봅시다. 상황이 무르익을 때까지, 그러니까 음식에 알맞게 십이군자산이 뿌려지고 그게 그들에게 전달되고 그들이 맛있게 먹고 그들의 몸속 깊은 곳까지 십이군자산의 효능이 뿌리내릴 때까지 우리는 무엇을 하고 있으면 좋겠소?"

아무래도 사내는 태생적으로 쓸데없는 말을 줄줄이 늘어놓는 걸 좋아하는 모양이었다. 방 안 가득 모여 있던 사람들 중 한 명이 눈살을 찌푸리며 말했다.

"그건 우리를 이곳으로 부른 대협께서 생각해야 할 일이 아니오?"

사내는 웃는 낯으로 말했다.

"아, 물론 여러분을 부른 건 어디까지나 저와 제 형제들이오. 하지만 여러분 모두 그들에게 원한을 가지고 있고, 그래서 복수하기 위해 이곳에 모인 게 아니겠소? 즉 우리는 주인과 손님으로 가를 관계가 아닌, 그야말로 일심동체(一心同體)인 것이오. 그러니 각자 모두 주인 된 생각을 가지고서 이야기를 하셔도 되오. 행여 알겠소? 그렇게 각자 이야기를 나누다가 보면 절로 무릎을 탁, 칠 정도의 묘안이 떠오를지 말이오."

그러자 다른 인물이 차분하고 조용한 목소리로 말했다.

"아시는 분은 아시겠지만 나는 하북칠의(河北七義) 중 막내인 한승의(韓承義)라고 하오."

일순 장내가 술렁거렸다.

"하북칠의라면……."

"소수비협(素手匕俠) 한승의!"

방 안의 군웅(群雄)들은 너 나 할 것 없이 한승의를 돌아보았다.

하북칠의의 막내라고는 하지만 삼십 대 중반의, 차갑고 날카로운 눈빛을 지닌 중년인이었다.

그를 본 사람들은 곧 무림오적을 뒤쫓아 저 먼 유주를 지나 여진족의 땅까지 쳐들어갔던 수천 무림인들을 떠올렸다. 그리고 무림오적과 여진족의 합공으로 인해 대부분의 무림인이 목숨을 잃었다는 그 처참한 결과를 기억했다.

그래서였을까. 조금 전까지만 하더라도 웅성거리던 분위기는 눈 녹듯 사라지고 대신 숙연한 긴장감이 그 자리를 대신했다.

한승의는 침착한 눈길로 사람들을 둘러보며 말했다.

"하북칠의라고는 했지만 이제는 겨우 셋만 남아서 하북칠의라는 별호가 우스울 지경이기는 하오. 다들 아시겠지만 일곱의 형제 중 겨우 셋만 남게 된 건, 그리고 그 셋 또한 따로 떨어져서 중원을 떠돌고 있는 건 오로지 그 화군악을 비롯한 무림오적 때문이오."

한승의의 말은 조금 전 사내와 버금갈 정도로 길었다.

하지만 그때와는 달리 누구 하나 하품을 하거나 조는 이가 없었다.

군웅들은 모두 차분하게 가라앉아서, 외려 몸이 오싹할 정도까지 차분한 눈빛으로 한승의를 바라보며 그의 다음 이어지는 말을 기다렸다.

"나는 무림오적의 악행을 이 두 눈으로 똑똑히 보았소. 동료와 형제들이 비명을 지르며 쓰러지는 광경을 아직도 또렷하게 기억하고 있소. 그래서 누구보다도 확실하게 말할 수 있소. 무림오적을 멸살할 수만 있다면, 내가 제일 먼저 지옥에 걸어 들어갈 것이라고 말이오."

한승의의 말이 끝났다.

사람들은 침묵했다. 심지어 조금 전 사내조차도 입을 열지 않았다. 비분강개(悲憤慷慨)의 표정이, 불굴의 의지가 담긴 눈빛이 허공을 통해 서로를 바라보고 서로에게 보였다.

방 안에는 대략 이십여 명의 군웅이 모여 있었다.

그들 중 절반은 호승심으로 이곳을 찾아왔지만, 나머지 절반은 한승의처럼 무림오적에게 혈육을 잃거나 동료가 살해당한 자들이었다.

그렇기 때문에 산동팔빈의 제안에 모든 일을 때려치우

고 최대한 빨리 이곳 정주로 달려온 것이었다.

〈여러 동도(同道)들께 전하오!
무림오적의 화군악을 정주에서 잡을 것이오! 뜻이 있는 자, 그곳으로 모이시오!

산동팔빈 배상(拜上)〉

산동팔빈은 오직 그 쪽지 하나만으로 사나흘도 되지 않아서 무려 이십여 명의 영웅을 이곳 정주에 모이게 만들었다.

게다가 연락을 받은 영웅호걸들은 아직도 정주로 모여들고 있었다. 어쩌면 이 밤이 새기 전에 두 배, 혹은 세 배 이상의 영웅들이 정주, 이곳 만수루에 모일지도 몰랐다.

맨 처음의 사내, 그러니까 사방팔방에 쪽지를 보내고 이 회합을 주도한 산동팔빈의 첫째, 천검산화(千劍散華) 진창주(陳昌宙)가 깊은 침묵을 깨고 입을 열었다.

"어쨌든 무림오적 중 한 명은 오늘 밤 반드시 이곳에서 목숨을 잃을 것이오."

진창주는 사람들을 둘러보며 말을 이었다.

"비록 십이군자산 같은 군자답지 않은 산공독을 사용

하기는 하지만, 조금 전 한 대협께서 말씀하신 대로 놈들을 멸살시킬 수만 있다면 이 진창주 또한 내 발로 직접 지옥으로 걸어 들어갈 것이오."

여전히 그의 말은 길었으나, 이번에는 모든 이들이 진지한 눈빛으로 진창주를 바라보았다. 뜨거운 결의와 의기로 가득 찬 눈빛이 불꽃처럼 타오르고 있었다.

그것은 화군악 일행이 머무는 안수헌에서 가장 외진 곳에 있는 별채, 그곳에서 일어난 일이었다.

3. 종사(宗師)의 분위기

담호는 극도로 당황하고 있었다.

단전에 가득 모여 있어야 할 내공이, 운기조식을 하면 할수록 하나로 뭉치지 않고 연기처럼 흩어지며 사라지는 걸 느꼈기 때문이었다.

그나마 만해거사의 환단이 아니었더라면, 그 환단의 약효를 이용하여 단전의 내공을 끌어당기는 마중물 역할을 하지 않았더라면 아예 운기조식조차 시작하지 못했을 터였다.

'제발 좀……'

담호는 식은땀을 흘리며 공력을 운용하려 했다.

원래 운기조식을 할 때는 그 어느 때보다도 평온하고 평정하며 부동(不動)한 마음이어야 했다.

거울처럼 잔잔한 호수. 그렇게 차분하게 가라앉은 마음으로 저 깊은 심와(心窩)를 들여다보며 내공의 움직임을 느끼고 확인해야 했다.

하지만 지금 담호는 처음으로 겪는 일에 당황해서 정신을 집중할 수가 없었다.

그의 마음은 태풍을 만난 바다처럼 높은 파도가 출렁였고, 좌우로 크게 흔들거릴 때마다 균형을 잃고 중심을 놓을 뻔하기가 여러 번 있었다.

지금 담호는 모르고 있었지만, 아니 생각할 겨를도 없겠지만 이러다가는 자칫 주화입마에도 빠질 수 있었다.

이 상황에서 마음이 크게 움직이고 그로 인해 몸과 마음의 중심을 놓게 된다면, 담호는 난파선처럼 저 깊은 해저(海底)에 가라앉아 두 번 다시 수면 위로 떠 오르지 못할 수도 있었다.

바로 그때였다. 누군가 담호의 명문혈에 손을 댔다.

동시에 부드럽고 따뜻한 내력이 명문혈을 타고 담호의 몸속으로 밀려들었다.

담호는 저도 모르게 움찔거렸다. 순간, 익숙한 목소리가 담호의 등 뒤에서 들려왔다.

"움직이지 마라. 정신을 놓지 말고 집중해라."

화군악의 음성이었다.

"계속해서 집중의 끈을 놓지 말고 심와를 들여다보도록 해라. 내가 주는 내력을 이용하여 단전의 내공을 마중해라. 시간은 얼마든지 걸려도 좋으니 천천히, 세심하게 단전의 내공 한 올도 놓치지 않고 모두 끌어올리도록 해라."

담호는 다시 집중하기 시작했다. 화군악이 말하는 길을 따라서 그대로 내공을 운기하기 시작했다.

화군악은 담호의 명문혈을 통해 내공을 주입하면서도 쉬지 않고 조언하며 길을 인도했다.

지금 화군악이 보여 주는 신기(神技)는 최소한 일 갑자를 훌쩍 뛰어넘는 내공이 있어야만 가능한 일이었다.

일 갑자 내외의 내력을 지닌 자가 타인에게 내공을 주입하면서 이야기를 한다면, 외려 자신의 기맥이 뒤틀리면서 큰 내상을 입을 수도 있었다.

하지만 화군악은 자하신녀문의 임가흔과 강호오괴 덕분에 이미 일 갑자를 훌쩍 뛰어넘는 내공을 지니게 되었다. 어쩌면 이제 화군악은 강만리에 버금가는 내공을 소유하게 되었는지도 몰랐다.

또 그 막강한 내공 덕분에 화군악은 너무나도 간단하게 십이군자산의 독성에서 벗어날 수가 있었다. 십이군자산이 공력을 산산이 흩어 놓기에는 화군악의 내공이 너무

나도 강대했던 까닭이었다.

몸속으로 잠입한 산공독이 흩뜨려 놓고 지워 버리는 공력보다 단전에서 새롭게 생성되는 내공이 훨씬 더 많았으니, 결국 그것은 이 갑자 내외, 혹은 그 이상의 내력을 지닌 내공의 고수에게는 애당초 산공독 자체가 전혀 소용없다는 뜻이기도 했다.

"그렇지. 잘하고 있다. 천천히, 아주 천천히 끌어올려서 딱 일주천(一週天)만 하면 된다. 그러면 산공독은 절로 사라지게 될 것이다."

화군악은 차분한 어조로 담호가 가야 할 길을 인도하고 있었다.

때마침 뒤늦은 운기조식을 통해 몸속의 산공독을 모두 밀어낸 만해거사는 문득 화군악의 그런 모습을 보고는 내심 고개를 끄덕이며 중얼거렸다.

'이제 어느덧 제대로 된 고수(高手)의 품격(品格)이 느껴지는구나.'

오래전 정사대전을 거쳤던 늙은이의 눈으로 지켜보는 화군악에게서는 마치 당시의 괴물들이 풍겼던 기세와 품격이 느껴지고 있었다.

그 누구에게도 질 것 같지 않은 기세.

그 어떤 것과 부딪쳐도 온전할 것 같은 단단함.

그 무엇도 단숨에 박살 낼 것 같은 투기.

그런 것들이 하나의 보이지 않은 기운으로 뭉쳐서 화군악의 전신을 휘감고 있었다. 마치 무형의 호신지기(護身之氣)처럼, 혹은 빛나지 않는 후광(後光)처럼.

 '허어. 얼마 전까지만 하더라도 그저 천방지축 독불장군에 불과했었는데, 이제는 그럴듯한 종사(宗師)의 분위기까지 낼 줄 알다니.'

 만해거사는 문득 탁자 위에 놓여 있던 곰방대에 손을 가져가며 속으로 중얼거렸다.

 '너무 일찍 갔네, 유 늙은이. 자네가 지금까지 살아 있었다면 자네가 봐 온 그 어떤 것보다도 훨씬 더 즐겁고 재미있고 진귀한 것들을 보게 됐을 텐데 말이네.'

 만해거사는 속이 텅 빈 곰방대를 길게 빨았다. 유 노대의 숨결이 느껴지는 것 같았다. 일순 만해거사는 "퉤!" 하고 침을 뱉었다.

 "됐다."

 화군악이 조용히 말했다. 동시에 그는 담호의 명문혈에서 천천히 손을 뗐다.

 담호가 길게 호흡을 내쉬었다. 일주천의 운기조식을 마친 것이었다.

 화군악은 자리를 툭툭 털고 일어나, 아직까지 운기조식에 여념이 없는 소자양을 돌아보고는 피식 웃었다. 그러고는 고개를 돌려 우측 복도 저편을 주시했다.

산동팔빈의 기척은 없었다. 아마도 각자 방에 들어가 행여나 있을지 모르는 산공독의 폐해를 막기 위해 운기조식을 하고 있을 게 분명했다.

'그렇다면 오늘 밤이겠군.'

화군악은 다시 시선을 돌려 창밖을 둘러보았다. 사방이 별채로 포위당한, 그야말로 수십, 수백 명의 공격을 일시에 받을 수 있는 최적의 장소였다.

'굳이 정주로 오자고 한 것도, 굳이 이 만수루를 찾은 것도 모두 준비된 과정 중의 하나일 것이다.'

화군악은 담담한 눈빛으로 주변을 둘러보며 생각을 이어 나갔다.

'하지만 상관없다. 얼마나 많이 오든, 누구를 데리고 오든 지금의 내게는 그리 대단할 게 없다.'

화군악은 충만한 내공만큼이나 자신감이 넘쳐흘렀다.

어쩌면 당연한 일이었다. 지금의 그라면 담우천은 물론, 심지어 저 유랑객잔의 풍보 주인장에게까지 이길 것 같았으니까.

그때였다.

"저기……."

운기조식에 몰두하고 있던 소자양이 문득 눈을 뜨더니 불안한 표정을 지으며 화군악에게 말을 건넸다.

"어떡하죠. 아무리 운기조식을 해도 산공독이 사라지

지 않는 것 같은데요? 괜찮을까요? 이러다가 모든 내공을 잃어버리는 건 아닐까요?"

'녀석도 참.'

화군악이 피식 웃었다.

뭔가 농을 해서 소자양을 더욱 겁먹게 하고 싶다는 생각이 들었다.

하지만 그보다 먼저 만해거사가 입을 열었다.

"보아하니 군자산인 것 같다. 군자산은 참으로 군자답게 내공이 약하거나 없는 자에게 피해를 주지 않는단다. 그러니 지금 너는 그저 네 불안감에서 오는 거짓 증상을 겪고 있을 뿐이다."

그 말에 헛된 망상이 깨진 것일까. 소자양은 이내 머쓱한 표정을 지으며 헛기침했다.

화군악이 웃으며 말했다.

"어쨌든 단단히 준비하고 있어라. 아무래도 오늘 밤 놈들이 덮쳐 올 것 같으니 말이다."

일순 소자양의 얼굴이, 그리고 막 이제 눈을 뜬 담호의 눈빛이, 그리고 무의식적으로 곰방대를 입에 물려던 만해거사의 표정이 딱딱하게 굳어졌다.

10장.
우중혈투(雨中血鬪)

담호는 피하지 않았다.
외려 게서 한 걸음 앞으로 더 들어가
상대의 칼질을 무용케 만들면서 왼손등을 꺾어 괴한의 턱을 올려 쳤다.
빠직! 하는 소리와 함께 괴한의 턱뼈가 바스러졌다.
동시에 그의 입에서 짧은 신음이 터져 나왔다.

우중혈투(雨中血鬪)

1. 허공섭물(虛空攝物)

어둠은 깊게 내려앉았다.

아침부터 세차게 불었던 바람은 가끔 돌풍이 되어 나뭇가지를 휩쓸고 지나갔다.

우웅!

창밖으로 바람 불어닥치는 소리가 한겨울 북풍(北風)처럼 요란했다.

아무래도 심상치 않은 날씨다 싶었는데, 자정이 지나면서 밤공기가 차가워지더니 이내 빗소리가 지붕과 처마에 내리꽂히기 시작했다.

후드득.

한 방울씩 떨어지던 빗줄기는 얼마 지나지 않아 장맛비처럼 격하고 세차게 쏟아졌다. 그렇게 쏟아지기 시작한 빗줄기는 쉬지 않고 창을 두드리고 처마에 내리꽂히고 지붕 위로 떨어졌다.

모든 기척은 빗소리가 잡아먹었다.

밤새워 우는 소리도 들리지 않았다. 곤충 소리는 물론, 심지어는 느닷없이 쏟아진 폭우에 홀딱 젖은 채 석등의 불을 관리하기 위해 이리저리 뛰어다니는 점소이들의 기척도 폭우와 세찬 바람에 가려져 전혀 들리지 않았다.

불이 꺼진 방. 굳게 닫혀 있던 창이 소리 없이 천천히 열린 건 바로 그 무렵의 일이었다.

가뜩이나 빗소리와 바람 소리가 세상 모든 소리를 잡아먹는 와중에, 그래도 행여 들킬까 봐 최대한 신중하게 창이 열고 있었다.

그렇게 살짝 열린 창으로 누군가 눈을 가져다 댔다. 검은 복면에 가려져 오로지 눈동자만 보이는 가운데, 그 눈동자는 불 꺼진 방 안 곳곳을 이리저리 살피고 있었다.

나란히 늘어선 두 개의 침상이 보였다. 그 침상 위에 한 명의 사내와 한 명의 노인이 아주 깊게 잠들어 있는 모습도 확인했다.

눈동자는 쉽게 움직이지 않았다. 눈동자는 끈질길 정도로 사내와 노인을 지켜보았다.

그들이 진짜 산공독에 취한 채 깊은 잠에 빠져들었는지 확인하려는 듯, 눈동자는 그 상태에서 무려 일각 가까운 시간을 지켜보고만 있었다.

 이윽고 사내와 노인이 거짓으로 잠든 척하는 게 아니라는 확신이 들었을까. 눈동자는 창가에서 얼굴을 떼고는 뭔가 속으로 중얼거렸다.

 전음입밀(傳音入密)의 수법이었다.

 —들어가도 되오. 놈들은 확실히 잠들어 있소.

 동시에 굳게 닫혀 있던 방문이 열리기 시작했다.

 살짝 열린 방문 틈 사이로 검은 가죽신 하나가 미끄러지듯 들어왔다. 가죽신이 들어오고 나서야 역시 검은 가죽으로 만든 장갑이 방문을 밀었다.

 이윽고 사람의 신형이 모습을 드러냈다. 검은 복면에 검은 야행복과 검은 가죽 장갑과 검은 가죽신으로 무장한 자, 그것도 한 명이 아닌 다섯 명의 복면인이 소리 없이 차례로 불 꺼진 방에 침입했다.

 보이는 거라고는 오로지 살기 번들거리는 두 눈동자뿐, 복면의 괴한들은 그렇게 아무런 소리 없이 방으로 들어와 천천히 무기를 꺼내 들었다.

 살짝 열린 창밖에서 상황을 지켜보고 있던 이가 엄지손가락을 들어 아래로 내렸다.

 동시에 다섯 명의 침입자는 고양이처럼 발걸음 소리도

내지 않고 민첩하게 침상으로 향하는가 싶더니, 일제히 들고 있던 칼과 검을 휘두르고 찔렀다.

아무 방비 없이 침상 위에서 잠자고 있던 한 명의 사내와 한 명의 노인이 그야말로 난자를 당하여 그 시체조차 알아볼 수 없게 될 것만 같던 그 순간!

그렇게 침상으로 뛰어들던 다섯 명의 괴한이 정수리에서부터 가랑이 사이까지, 모두 일직선으로 잘린 채 침상 주변으로 투두둑! 떨어졌다.

괴한들은 고함도 비명도 신음도 흘리지 않았다. 심지어 그들은 자신들이 이미 죽었는지도 몰랐다.

반토막이 난 괴한들은 침상 주변 바닥에 널브러진 채 그저 미처 못다 한 마지막 칼질을 마무리하듯 삐걱거리고 있을 따름이었다.

어찌 보면 경련과도 같던 마지막 미동조차 사라질 즈음, 산공독에 취해 잠들어 있는 줄 알았던 사내가 천천히 몸을 일으켜 앉았다. 그러고는 조용히 고개를 돌려 창밖에서 방 안을 엿보던 눈동자와 시선을 마주했다.

순간 눈동자가 파르르 떨렸다. 동시에 사내가 자신의 상대가 아니라는 걸 깨닫고는 바로 그 자리에서 도망치려 했다.

하지만 사내는 용납하지 않았다.

사내는 허공을 향해, 눈동자를 향해 손을 쭈욱 뻗었다.

일순 비에 흠뻑 젖은 지면을 박차고 도주하려던 눈동자는 보이지 않는 쇠사슬에 묶인 듯 그 자리에서 꼼짝할 수가 없게 되었다.

아니, 그게 전부가 아니었다.

사내는 허공에 대고 활짝 폈던 팔을 천천히 끌어당기는 한편, 다른 손으로 창을 열어젖히는 시늉을 했다.

그 동작에 따라서 살짝 열려 있던 창이 활짝 열렸으며, 눈동자의 괴한은 제 의사에 상관없이 창을 통해 방 안으로 끌려갔다.

눈동자가 부릅떠졌다. 그 눈동자에는 경악과 당황, 불안과 초조, 심지어 공포의 빛까지 스며들었다.

'허공섭물(虛空攝物)?'

믿을 수 없었다. 있을 수 없는 일이었다.

손을 대지 않은 채 탁자 위의 찻잔 하나를 움직이는 것만으로도 내공의 고수라고 인정받는 현실에서, 사람 그것도 건장한 체구의 무림 고수를 상대로 허공섭물을 펼칠 정도의 고수가 존재할 리 없었다.

하지만 눈동자는 지금 그 믿을 수 없고, 있을 수 없는 일을 직접 당하고 있었다. 그것도 당연히 산공독에 취해 깊게 잠들어 있을 줄 알았던 사내에게.

눈동자의 괴한은 그 어떤 반항도 하지 못한 채, 마치 거미줄에 꽁꽁 묶인 채 마지막 운명을 기다리는 벌레처럼 창을 넘어 방 안으로 끌려 들어갔다.

침상 주변에는 걷잡을 수 없는 양의 핏물을 쏟아 낸 채 나동그라져 있는 열 개의 몸뚱어리가 있었고, 눈동자의 괴한은 바로 그 앞에 털썩! 소리를 내며 바닥에 떨어졌다.

사내는 여전히 한 손을 뻗어 괴한의 움직임을 봉쇄한 채 천천히 침상 아래로 내려와 그의 복면을 벗겼다. 사십 대 중후반의 털북숭이 얼굴이 복면 뒤에서 나왔다.

사내와 괴한의 눈이 마주쳤다.

사내가 피식 웃었다.

괴한의 눈동자에 경련이 일었다. 온몸이 사시나무처럼 떨리기 시작했다. 그 사람의 정(情) 따위는 손끝만치도 느껴지지 않는 눈빛과 미소에 괴한은 절망했다.

'내가 미쳤지. 이런 괴물을 죽이려 하다니, 죽일 수 있다고 믿었다니……'

괴한은 후회하고 또 후회했다.

산동팔빈의 초대장을 받고 흥분하며 달려온 자신이 원망스러웠다.

지인의 초대장을 받고도 달려오지 않는다? 물론 체면이야 손상되겠지만 잠시 눈감고 외면하면 그뿐이었다. 동료애, 의협심, 그리고 의리 같은 것이 목숨만큼 중하다고 생각한다면 그건 착각이었다.

제대로 현실에서 느껴지는 죽음의 공포는 그 어떤 것들로도 감당하기 힘들었다.

'명예? 공명심? 그따위는 개에게나 주라지.'

무엇보다 산동팔빈과 목숨을 주고받을 정도로 가까운 사이도 아니었다. 그저 한두 번 우연히 만나서 의기투합을 했을 뿐이고, 그들에게 어떤 도움이나 은혜를 입은 적도 없지 않았던가.

그런데도 달랑 초대장 하나만으로 예까지 달려왔으니 그 오지랖을, 그 헛된 망상을, 그 객기를 탓할 수밖에 없었다.

괴한은 이를 악물었다.

살고 싶다. 반드시 살아서 이 자리를 벗어나고 싶다. 동료들, 자신과 견주어도 손색 하나 없는 그들이었으나 놈의 일초지적도 되지 못했다.

아니, 놈이 어떤 방식으로 다섯 동료의 정수리부터 가랑이까지 반토막을 냈는지도 전혀 알지 못했다.

애당초 상대가 되지 않는 싸움이었다.

이런 싸움에서 개죽음을 당하느니, 비굴할지언정 잠깐의 수모를 겪을지언정 반드시 살아서 돌아가고 싶었다. 그래서 괴한은 입을 열고자 했다.

하지만 괴한은 입을 열지 못했다. 사내가 그를 향해 내뻗고 있던 손을 갑자기 와락, 허공에서 움켜쥔 탓이었다.

동시에 괴한은 보이지 않는 손길에 움켜쥐어진 듯 우두둑! 목뼈가 부러지며 고개가 홱 꺾여졌다.
 그게 끝이었다.
 정주와 개봉부를 중심으로 나름대로 이름을 떨치고 있었던 무산철부(茂山鐵斧) 도왕근(陶王勤)은 그가 자랑하던 쇠도끼 한 번 휘두르지 못한 채 그렇게 목숨을 잃었다.
 단 한 번의 손동작으로 무산철부 도왕근의 목뼈를 부러뜨린 사내는 천천히 침상에서 몸을 일으켰다.
 그리고 바로 옆, 아직도 곤하게 잠들어 있는 노인을 향해 피식 웃으며 말을 꺼내려는 순간, 콰앙! 하며 무언가 폭발하는 소리가 바로 옆방에서 들려왔다.
 화군악의 안색이 급변했다. 잠든 척하고 있던 만해거사도 벌떡 일어났다. 그것은 바로 담호와 소자양이 묵고 있는 방에서 난 굉음이었던 까닭이었다.

2. 유성비령탄(流星飛靈彈)

 콰앙!
 굉음과 함께 한쪽 벽면이 우르르 무너졌다. 가뜩이나 깜깜한 공간 위로 한 무더기의 흙먼지가 내려앉았다.
 소자양이 다시 팔을 휘두르며 소리쳤다.

"죽어라!"

그의 팔이 허공을 가르는 순간, 구슬만 한 크기의 검은 물체가 무너진 벽을 향해 날아갔다. 일순 어둠 속에서 빠르게 몸을 날리는 기척들이 쏟아졌다.

콰앙!

다시 한번 폭발음이 터졌다. 폭발의 위력은 실로 엄청나서 천장이 내려앉고 지면이 무너졌다.

쏴아아!

뒤이어 무너진 천장 사이로 폭우가 쏟아져 들어왔다.

어둠과 흙먼지, 나뭇조각과 돌덩이들이 사방으로 비산하는 가운데, 어둠 속에서 누군가 소리쳤다.

"놈들은 폭약을 가지고 있다! 다들 조심하고 또 조심하라!"

다급한 목소리와 함께 다시 대여섯 신형이 빠르게 사방으로 움직이는 기척이 일었다. 이리저리 보법을 밟아 소자양의 시선을 어지럽히려는 것이었다.

소자양은 양손 가득 검은 구슬을 쥔 채 어둠 속의 기척을 찾느라 온 신경을 집중했다.

그때였다.

"됐습니다, 이제."

소자양 앞으로 담호가 걸어 나오며 말했다.

"형님은 제 뒤로 가 있으세요. 놈들은 제가 맡겠습니다."

"괜찮겠어?"

소자양이 걱정스럽다는 듯 묻자, 담호는 천천히 검을 꺼내 들며 대답했다.

"괜찮습니다."

담호는 빙긋 웃으며 소자양을 안심시켰다. 비록 보이지는 않았지만 그래도 소자양은 지금 담호가 웃고 있다는 걸 알아차리고 안도의 한숨을 내쉬었다.

산공독은 지독했다.

화군악의 도움으로 산공독의 중독에서 벗어나기는 했지만, 그 여파는 꽤 오랫동안 담호를 괴롭혔다. 몸이 나른하고 힘이 실리지 않았다. 내력을 운기해도 좀처럼 내공이 담호 마음대로 운용되지 않았다.

그래서 괴한들이 쳐들어올 때까지 담호는 쉬지 않고 운기조식을 하며 원래의 몸 상태를 회복하려 하고 있었다.

그때 괴한들은 느닷없이 방으로 침입했다.

만약 소자양이 운기조식에 여념이 없는 담호를 등한시하고 홀로 잠들었더라면, 아마도 소자양과 담호 모두 괴한들의 기습에 목숨을 잃었을지도 몰랐다.

하지만 소자양은 담호가 걱정이 되어 뜬눈으로 그 곁을 지키고 있었고, 그래서 괴한들의 급습을 유성비령탄(流星飛靈彈)으로 막아 낼 수 있었던 것이었다.

소자양의 도움을 받아 무사히 운기조식을 끝낸 담호는

길고 고른 호흡을 유지하며 주위를 둘러보았다.

여전히 주위는 바로 코앞조차 보이지 않을 정도로 어둡고 심지어 폭우까지 들이치는 상황이었지만, 담호는 지금 이 방, 그리고 무너진 벽 뒤쪽으로 숨어 있는 일곱 개의 기척을 정확하게 파악하고 있었다.

"죽기 싫으면 도망가도 좋다."

담호는 차가운 목소리로 말했다.

마치 화군악이, 장예추가, 강만리가 적을 두고 말하는 것처럼 날카롭고 가슴 서늘한 목소리.

아니, 그의 부친 담우천이 적에게 무심하게 이야기하듯, 두 번 다시 자비가 없을 정도로 한없이 냉정한 목소리가 지금 담호의 입에서 흘러나오고 있었다.

그러나 상대는 그리 생각하지 않는 모양이었다. 담호의 말이 떨어지기가 무섭게, 깊은 어둠 속에서 누군가 "흥!" 하고 코웃음을 쳤다.

바로 그 순간, 담호의 신형이 흐릿하게 사라지는가 싶더니 방문 쪽에 몸을 웅크리고 있던 괴한의 앞에 모습을 드러냈다. 바로 조금 전 코웃음을 쳤던 인물이었다.

"헉!"

괴한은 깜짝 놀라 칼을 휘둘렀다. 칼날이 예리한 낭아도(狼牙刀)가 벼락같은 기세로 담호의 옆구리를 베어 갔다.

그러나 담호는 피하지 않았다.

우중혈투(雨中血鬪) 〈291〉

외려 게서 한 걸음 앞으로 더 들어가 상대의 칼질을 무용케 만들면서 왼손등을 꺾어 괴한의 턱을 올려 쳤다.

빠직! 하는 소리와 함께 괴한의 턱뼈가 바스러졌다. 동시에 그의 입에서 짧은 신음이 터져 나왔다.

"켁!"

턱을 얻어맞으면서 이가 맞물리고, 그 바람에 반으로 잘려 나간 혀에서 피가 솟구쳤다.

담호는 턱을 올려 친 기세를 이용하여 몸을 팽이처럼 한 바퀴 회전하면서 팔꿈치로 그의 안면을 가격했다. 광대뼈가 무너지고 눈알이 튀어나왔다. 순간 괴한은 그 자리에 무너지듯 주저앉았다.

화군악이 이삼 년 전에 가르쳐 주었던 월령수타십이박(月靈手打十二搏)의 한 수가 그 절묘한 위용을 드러낸 것이었다.

"주, 죽여라!"

"이 어린놈의 개새끼가!"

순간 사방에서 담호를 노리고 덤벼들었다.

우웅!

칼질 소리가 요란했다.

슈욱!

검이 찔러 오는 소리가 날카로웠다.

쩌엉!

진각(震脚)을 내딛는 소리가 우렁찼다.

동시에 강맹한 장력이 담호의 가슴팍으로 쏟아졌다.

하지만 담호는 전혀 당황하지 않았다. 그는 침착하게 태극오행신보(太極五行神步)의 보법을 밟았다. 태극천맹의 정유가 그에게 전수해 준 보법이었다.

어둠 속에서 누군가 소리쳤다.

"엇! 그것은 태극천맹의 보법 태극오행신보가 아닌가? 네놈이 어떻게……."

이 지독한 암흑 속에서 담호의 보법을 알아차린 걸 보면 누구인지는 몰라도 꽤 식견이 높고 눈썰미가 뛰어난 자임이 분명했다. 그리고 담호의 다음 목표가 정해졌다.

태극오행신보를 이용하여 순식간에 포위망을 뚫고 빠져나온 담호는 지면을 박차고 앞으로 달려 나갔다.

이번에는 그의 담우천이 가르쳐 준 폭광질주섬(爆光疾走閃)의 경공술이었다. 단거리에서는 그 어떤 경공술이나 신법보다 빠르고 강렬하기에, 상대는 그야말로 바로 눈앞에서 빛이 폭발하는 듯한 느낌을 받는다고 했다.

"네놈이 왜…… 헉!"

말이 채 끝나기도 전에 눈썰미 뛰어난 자는 헛바람을 집어삼켜야 했다. 한 가닥 날카로운 선이 자신에게로 이어진다 싶더니, 갑자기 눈앞에서 새하얀 섬광으로 폭발했던 까닭이었다.

그는 그 감당할 수 없는 빛무리에 질끈 눈을 감은 채 빠르게 두 손을 휘저으며 담호의 공격을 막으려 했다.

하지만 소용없었다.

담호의 예리한 검은 장예추가 가르쳐 준 월야천비검(月夜天飛劍)의 일초를 시전하며 사내의 목을 찔러 정수리까지 단숨에 관통했던 것이었다.

사내의 입에서 부글부글 거품이 일었다. 담호는 발로 사내를 걷어차 검을 빼 들고는 다시 태극오행신보를 밟으며 순식간에 다섯 방위를 점령하여 검을 휘두르고 내질렀다.

한 번씩 검을 휘두르고 내지를 때마다 검날에 닿는 감촉이 있었다. 그 감촉을 느끼며 손속에 힘을 가하는 순간 곳곳에서 짧은 비명과 신음이 터졌다.

'이제 끝인가?'

담호가 모든 삶의 기척이 삽시간에 사라지는 걸 느끼면서 잠시 호흡을 푸는 순간, 갑자기 옆구리에 불이 붙은 듯한 화끈한 통증이 일었다.

'윽!'

담호는 본능적으로 터져 나오려는 신음을 삼키면서 몸을 돌렸다. 동시에 자룡도법을 변환하며 만든 초식을 펼쳐 어둠 깊은 곳을 찔러 갔다.

그의 검이 연달아 일고여덟 번의 변화를 만들어 내던

한순간, "윽!" 어둠 저편에서 나직한 신음이 들려왔다.

담호는 망설이지 않고 지면을 박차고 뛰어올랐다.

한 마리 용이 비스듬히 허공으로 날아오르듯 용무팔권(龍武八拳) 중 선룡출궁(旋龍出宮)의 완벽한 초식이 펼쳐졌다.

"아악!"

은밀하게 다가와 담호의 옆구리를 찔렀던 사내는 격한 비명과 함께 무너진 벽 저편으로 날아갔다.

표표히 자리에 내려선 담호는 슬쩍 옆구리를 훑어보았다. 천만다행이었다. 사내의 검에 찔리기는 했지만 내장이나 근육이 손상되지는 않았다.

담호는 내공을 일으켜 상처 부위를 지혈하면서 주위를 둘러보았다. 이제 방에는 그와 소자양을 제외하고는 살아 있는 자는 아무도 없었다.

그제야 비로소 담호는 한숨을 내쉬었다. 그리고 순간적으로 방심하여 부상을 당한 자신을 스스로 책망했다.

"괜찮아?"

침상 뒤편에 서 있던 소자양이 뒤늦게 상황이 정리된 걸 알아차리고는 물어 왔다.

"네, 괜찮아요."

담호는 일부러 해맑은 목소리로 말했다. 하지만 소자양은 여전히 심각한 표정으로 진지하게 말했다.

"우리가 당한 걸 보면 화 숙부와 만해 할아버지에게도 적의 기습이 있었을 거야."

담호는 웃었다.

"그분들이라면 전혀 걱정할 필요가 없어요."

"하지만 말이지. 만약 그분들이 온전한 상황이라면 이렇게 우리가 요란법석을 떠는데도 과연 가만히 계실까? 아마 당장에 달려와도 몇 번은 달려오셨을 거야."

소자양의 말에 담호의 표정도 가라앉았다.

그랬다. 이 정도 소동이라면 벌써 몇 번은 찾아와도 찾아올 사람들이었다. 그런데도 여태 아무 소식이 없다는 건 이상한 일이었다.

일순 담호의 귀가 쫑긋거려졌다.

별채 밖, 요란한 소리를 내면서 쏟아지는 폭우 그 안에서 희미하나마 칼부림 소리가 들려왔던 까닭이었다.

"바로 가죠!"

담호는 소리치며 다급하게 창으로 몸을 날렸다. 우지끈! 창문이 박살 났다.

"젠장! 하필이면 폭우라니!"

소자양은 그때까지 들고 있던 유성비령탄들을 황급히 소매에 감추고는 서둘러 담호의 뒤를 따라 창을 뛰어넘었다.

3. 내 뒤로 가 있어!

옆방에서 들려오는 폭발음에 화군악은 곧장 담호와 소자양의 방으로 달려가려 했다. 그때까지 잠든 척하고 있던 만해거사 또한 화들짝 놀라며 자리를 박차고 일어났다.

"이런 빌어먹을! 아직 어린아이들에게까지 살수를 펼치다니!"

만해거사 역시 분노하며 방문을 열고 나서려 했다.

하지만 다음 순간, 만해거사는 황급히 몸을 숙여야 했다. 또한 화군악은 거칠게 손을 휘둘러 창밖에서 날아든 십여 개의 화살을 모두 떨어뜨렸다.

하지만 화군악도 모든 화살을 막아 낼 수 없었던 것일까. 황급히 몸을 숙인 만해거사의 위로 스팟! 날카로운 파공성이 지나가더니 화살 한 대가 그대로 방문에 꽂혀 부르르 떨렸다.

첫 번째 화살 세례가 끝나기도 전에 독사의 혀 놀림과 같은 소리가 허공을 가르고 날아들었다.

동시에 화군악이 두 손을 휘둘렀다. 그의 두 손으로 그려진 태극 문양이 허공에 떠오르는 순간, 또다시 날아든 십여 개의 화살이 그 문양 앞에서 거짓말처럼 우뚝 멈춰 섰다.

"헉!"

창밖 어둠 저편에서 깜짝 놀란 듯한 목소리가 들려왔다.

화군악은 튕기듯이 창밖을 향해 양손을 튕겨 냈다.

일순 허공에 멈춰 섰던 십여 개의 화살이 그대로 방향을 바꾸더니 창밖으로 쏘아졌다. 조금 전 날아들었던 속도보다 최소한 세 배 이상의 빠른 속도로 날아갔다.

스팟!

날카로운 파공성이 밤공기를 갈랐다. 동시에 두 개의 비명이 연달아 터져 나왔다.

"컥!"

"윽!"

그게 전부가 아니었다.

"아니, 놈이 어떻게 무당파의 태극문해(太極紋解)를 펼치는 거지?"

놀란 목소리도 창밖에서 들려왔다.

비록 그 수법이나 운용 방법은 다를지언정, 화군악이 허공에 그려 낸 태극문양은 확실히 무당파의 태극문해였다.

"겁낼 것 없다! 어차피 흉내만 낸 것에 불과하다!"

누군가 동료들을 독려하는 목소리가 들리는 순간, 화군악은 바로 마룻바닥을 걷어차며 창밖으로 몸을 날렸다.

그의 움직임은 마치 한 마리 표범처럼 표홀하고 날렵해서 그가 방을 벗어날 때까지 그 누구도 방해하거나 막지 못했다.

뒤를 따라 만해거사도 우아한 경공술을 펼치며 단숨에 화군악의 등 뒤로 날아들었다.

그뿐이 아니었다. 때마침 암습자들을 해치운 담호와 소자양도 자신들의 창에서 튀어나와 정원에 그 모습을 드러냈다.

쏴아아!

장대처럼 굵은 폭우가 쏟아지는 가운데, 정원은 점소이들이 폭우를 맞으며 불을 붙였던 석등의 불들도 모두 꺼진 채 칠흑같이 어두웠다.

화군악은 정면을 주시한 채 소리쳤다.

"담호! 자양! 내 뒤로 가 있어! 놈들은 내가 맡으마!"

소자양은 아무 대꾸 없이 빠르게 화군악과 만해거사의 뒤쪽으로 달려갔다.

하지만 담호는 움직이지 않았다. 그는 그제야 비로소 조금 전 소자양이 느꼈을 법한 감정을 느끼고 있었다.

'뒤로 가라는 말이 이렇게나 가슴 아픈 말이었구나.'

담호는 입술을 깨물다가 천천히 입을 열었다.

"아뇨, 싫어요."

"음?"

우중혈투(雨中血鬪) 〈299〉

화군악은 저도 모르게 고개를 돌려 담호를 바라보았다. 담호는 성큼성큼 움직여 화군악의 바로 옆자리에 우뚝 서며 말을 이었다.

"지금부터는 숙부의 등 뒤에서 숨어 있지 않겠어요. 숙부와 어깨를 나란히 하고 싸울 겁니다. 그리고 숙부와 등을 맞대고 싸울 겁니다. 그게 진짜 제대로 된 한 사람의 몫이자 해야 할 일이니까요."

"호오."

화군악은 새삼스럽다는 눈빛으로 담호의 옆얼굴을 바라보았다.

머리 위에서 일직선으로 내리퍼붓는 빗줄기로 담호는 흠뻑 젖어 있었다. 굵은 빗물이 쉴 새 없이 이마를 타고 흘러내리고 있었지만 담호는 눈 하나 깜빡이지 않은 채 정면을 노려보았다.

이 어린 녀석이 언제부터 이렇게 듬직한 표정을 지을 수 있게 된 것일까.

"좋아."

화군악은 활짝 웃으며 말했다.

"비록 마흔 명이 넘는다고는 하지만 어디까지나 애송이들이니까. 열 명 정도는 네게 맡기도록 하지."

담호는 정면을 쏘아본 채 대꾸했다.

"아뇨. 화 숙부보다 많이 쓰러뜨릴 겁니다. 이제 화 숙부께서 편히 쉴 때가 되신 겁니다."

"하하하!"

화군악이 유쾌하게 웃음을 터뜨릴 때였다.

"푸하하하!"

어둠 저편에서도 커다란 웃음소리가 들려왔다.

화군악은 웃음을 멈추고 소리가 들려온 방향으로 시선을 돌렸다.

무슨 주술이나 술법이라도 펼쳐진 것처럼 정원은 절대적이고 완벽한 어둠에 장악당한 상태였다.

그 정원 곳곳에 우뚝 서 있는 기척의 수는 사십여 개. 그들 모두 이제는 자신들의 기척을 숨길 필요가 없다는 듯이 상당한 투기와 살기를 뿜어내고 있었다.

그중에서도 가장 강한 투기와 살기를 뿜어내는 자, 바로 그자가 지금 광소를 터뜨리고 있었다.

"푸하하하! 그래! 화군악이라는 놈이야 무림오적 중 한 명이니 광오한 게 그나마 이해는 간다만, 아직 정수리에 피도 마르지 않은 어린놈의 자식이 우리를 상대로 과연 몇 초나 버틸 수 있다고 그런 망발을 쏟아 내는 것이더냐?"

자신을 한껏 조롱하는 말이었지만 담호는 대꾸하지 않았다. 대신 내공을 운기하여 손가락 끝에 모은 다음, 그 기척을 향해 손을 뻗었다.

일순 달빛처럼 은은하고 투명한 새하얀 기운이 담호의 손가락 끝에서부터 일직선으로 뻗어 나가 그 기척의 이마를 가격했다.

"스팟!"

뒤늦게 밤공기를 가르는 파공성이 일었다.

"어이쿠!"

기척의 사내는 과장된 탄성을 지르며 어깨를 틀었다. 담호의 기습적인 지풍은 아슬아슬하게 사내의 얼굴 옆을 스치고 사라졌다.

"호오. 나름대로 허풍을 칠 실력은 되는 모양이로구나. 하지만 그 정도로는 아무것도 할 수 없다!"

사내는 껄껄 웃으며 소리쳤다.

"이곳에 모인 내 동료들과 형제들은 최소한 당경(堂境) 이상의 고수들! 네 실력으로는 그들의 옷자락조차 건들지 못할 것이다!"

사내의 말에 담호가 입술을 깨무는 순간, 화군악이 혀를 차며 담호에게 말했다.

"쯧쯧. 월령일섬지(月靈一閃指)는 그렇게 사용하는 게 아니다. 동작은 단순하고 과감하게, 한껏 모은 내공을 단번에 터뜨린다는 기분으로 펼쳐야 한다. 지금처럼 말이지."

담호에게 이야기하던 화군악은 불시에 손을 들어 어둠한 곳을 가리켰다.

일순 "컥!" 하는 비명이 쏟아지고 뒤늦게 일직선으로 이어지는 빛줄기 하나가 떠올랐다가 사라졌다. 그리고 그 뒤를 이어 팟! 하는 짧은 파공성이 일었다.

 누구인지는 모르겠지만, 어쨌든 그자는 화군악의 월령일섬지에 의해 이마에 구멍이 뚫린 채 즉사한 것이었다.

 또한 쉬지 않고 웃음을 터뜨리며 담호를 조롱하고 비웃던 자는 그 광경에 충격을 입은 듯 더는 입을 열지 못했다.

(무림오적 64권에서 계속)

환상이 숨쉬는 공간 파피루스 blog.naver.com/gnpdl7

중원 무림의 끝 가욕관, 그곳에 불사신이 있다!

『천하제일 대사형』『천검지애』
무협의 거장, 북미혼이 돌아왔다!

『창룡군림』

중원 무림의 끝 가욕관,
하루도 전쟁이 끊이질 않는, 사지(死地)

갑작스러운 적군의 침공으로
전우가 모두 죽은 마지막 순간

진무성에게 찾아온 기연, 만년음양천지과
상서로운 열매는 그에게 죽지 않는 육체를 주었고

"두 번 말하지 않는다, 괜한 목숨 버리지 마라."

압도적인 내공과 신기에 다다른 창술로
정의를 부르짖는
진무성의 행보가 중원을 관통한다!

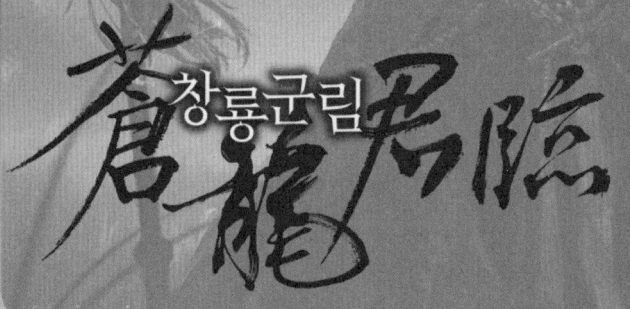

북미혼 신무협 장편소설